JN059674

八事の町にも
やさしい
雪は降るのだ

宮野入羅針
MIYANOIRI RASHIN

幻冬舎 MC

八事の町にもやさしい雪は降るのだ

目次

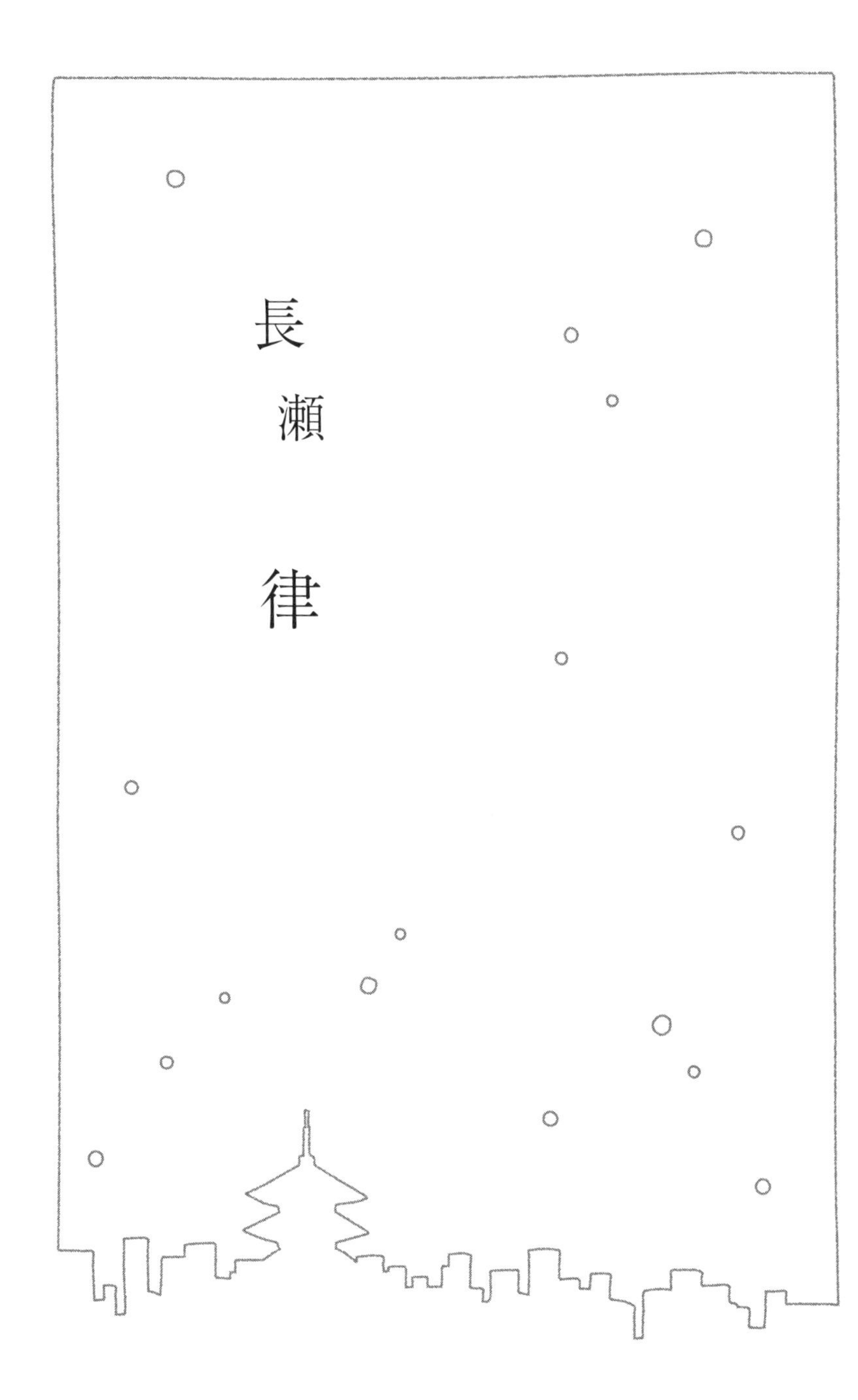
長瀬律

名古屋市の東部に八事(やごと)という町がある。

八事山に広大な土地を所有する興正寺(こうしょうじ)というお寺があり、八事山を囲むようにいくつもの大学が点在する。

門前町であり、学生街であり、名古屋の企業の会長や社長が居を構えるいわゆる山の手でもある。

大学のキャンパスと道を隔て、広大な墓地が広がる。富裕層向けの瀟洒(しょうしゃ)なブティックの横に、学生向けの安価な居酒屋が立ち並ぶ。魯山人(ろさんじん)が愛した老舗料亭の横に、ファミリーが集う大型ショッピングセンターがある。

何もかもが混ぜ合わさった不思議な町だ。

そしてこの町には心がつぶれそうになる時、すべてを包み隠してくれる優しい雪が降るのだ。

八事の交差点から北に延びる山手通りを歩くと、ガラス張りの小さな喫茶店がある。会社を早期退職した僕が足繁く通う店だ。

窓の向こうを学生たちが闊歩する。以前この通りを、僕と沙耶伽も肩を並べて歩いていた。

毎日広げる新聞の代わりに、製本され届けられたばかりの小冊子を紙袋から取り出す。沙耶伽が父親の遺志を継ぎ、出版を夢見た八事の町の編纂史だ。彼女が好んだラベンダー色の背表紙のタイトルを確認し、中表紙を捲ってこの町の歴史に目を落とす。

カウベル風のドアベルを鳴らして来店する客の皆が「寒い」という言葉を口にする。硝子の曇りを手で拭うと、寒空の下、肩を窄めた人々が往来している。

今にも雪が降り出しそうな鈍色の空を見ると僕の心が騒ぐ。

沙耶伽の言霊が天から舞い降りてきそうな空だ。

こんな重たい雲がたなびいていた夕ぐれ、僕は沙耶伽の父親を長い石段から突き落とした。

一

僕が小学生だった頃はいざなぎ景気と呼ばれ、八事の町も活気に溢れていた。赤土が剥きだしになっていた土地は整地され、宅地や店舗に変わった。裸電球だった街灯は水銀灯に換わり、砂利道がアスファルトに舗装され、交差点には信号機が設置された。街はどんどん様相を変えていった。

僕の家の近くに「ひかりストア」という市場があった。

ずいぶん安普請の市場だったように思う。道路に面した建屋の左右に出入り口があり、引き戸を引くとカタコトと滑車を鳴らした。

小学校の体育館ほどの広さの床はコンクリート敷きで、通路がコの字型に設けられていた。通路を挟んで駄菓子屋、卵屋、雑貨屋、八百屋、文具屋、酒屋、豆腐屋など、いろんな業種の店舗が肩を寄せ合って商いをしていた。

どの店も店主が一斗缶（いっとかん）に座り、客が来ると、のそっと重い腰を上げる。冬場は店ごとに灯油ストーブが焚かれ、夏場は至る所で扇風機に吹かれた蠅取り紙が踊っていた。

そんな市場の中に、山内さんというご夫婦が営むとても繁盛していた精肉屋さんがあった。山内さん家族は僕の家の三軒隣に住んでいた。近所のよしみもあり、おふくろとこの店のおばさんはとても仲が良かった。

家の前でも市場の中でも、顔を合わすと話が尽きない。二人が顔を合わすと毎回うんざりするくらい待たされる。似た者同士で馬が合い、共に世話好きな二人だった。

両家の家族で夕食を囲むのも日常だった。毎年僕の誕生日には、山内家が持参してくれる特上の肉ですき焼きがお約束だった。

そして、山内家には僕と同い年の女の子がいた。お互いに一人っ子で、家族同士も頻繁に行き来をしていた僕らは、兄妹のように育てられた。

その女の子が沙耶伽だ。

小さな顔にショートヘアがよく似合う、小鹿のような女の子だった。

今では珍しくはないが、当時の女の子の名前には大概「子」や「美」が付けられていた。当時「沙耶伽」という名はめずらしく、とても垢抜けした名前だった。この名前を付けたのはきっと芽衣おばさんだ。


僕は沙耶伽の母親を芽衣おばさんと呼んでいた。芽衣おばさんは沙耶伽と同等の愛情を僕にも注いでくれていた。

芽衣おばさんが僕を叱る時は、「律！」と呼び捨てにして本気で叱った。

ある夏の日、三角に切られたスイカが大皿にのって食卓に並んだ。僕はすべてのスイカの三角の先だけをかじった。悪ふざけのつもりだった。皆が笑ってくれると思った。でも大人たちの反応は違った。

おふくろのビンタよりも先に、芽衣おばさんが僕の両肩を掴んだ。

「こんなことをして誰が喜ぶの？」

射すくめられた僕は、「ごめんなさい」と謝るしかなかった。下げた頭の上におふくろのゲンコツが落ちた。

少年時代の僕には二人の母親がいて、同い年の妹がいた。

芽衣おばさんは笑顔が絶えないとても明るい人だった。笑うと白い歯並びがチャーミングで、子供の僕から見ても魅力的な女性だった。

そんなよく笑う母親とは対照的に、沙耶伽は口数が少ない女の子だった。活発でやんちゃで、目立ちたがり屋の僕とは真逆な性格だった。それでも僕は沙耶伽と一緒に過ごすことが楽しかったし、彼女も僕と遊ぶのをいやがってはいなかったと思う。

人見知りの沙耶伽も、僕の両親の前では遠慮がなかった。学校から帰ると母親が居ない自宅には戻らず、ランドセルを僕の家に置き、一緒におやつを食べてそろばん塾に通った。

沙耶伽の父親は職人気質の人だった。お店の接客は芽衣おばさんに任せて、まな板の上に置かれた肉の塊に包丁を入れる。白衣姿で、トレーに部位を仕分けする姿は、凛とした職人の風格があった。

おじさんはお店を開く都合で八事に引っ越してきたが、この町の歴史に魅了されていた。暇を見つけては興正寺の界隈を歩いて回った。

「律くん。八事にはおもしろい歴史が隠されているんだ」

子供の僕相手にもいろんな話を聞かせてくれた。

そのおじさんが、僕たちが四年生の夏休みに軽トラックで事故を起こした。それ以来右膝が曲がらなくなり、足を引きずって歩くようになった。

長時間の立ち仕事が困難になり、芽衣おばさんが肉の捌(さば)き方を覚え、おじさんの仕事も賄(まかな)ってお店を切り盛りしていた。おばさんの接客がうまかったのか、店は相変わらず繁盛していた。

おじさんの八事探索は足を悪くしてからも続いた。出歩く度に沙耶伽を付き添わせ、彼女の肩に手をかけて歩いていた。

沙耶伽も遊びたい盛りだったと思う。それでも父親を不憫に思ってか、一言も不満を口にすることなくおじさんの散策につき合っていた。

出版社に勤める僕のおやじは、とても楽しい人だった。穏やかで、怒った姿を想像することができない。

おふくろに叱られ拗ねている僕の隣に座り、不満を聞いてくれた後、おふくろがどんな思いで僕を叱ったかを諭してくれる。そんな父親だった。

人生を楽しむことに長けたおやじは、僕に多くの遊びを教えてくれた。

スキー、サッカー、野球、ギター、将棋、ポーカー。

思春期になり男女の戸惑いを覚えるまで、おやじと遊ぶ僕の隣にはいつも沙耶伽がいた。

おふくろも口煩くはあったが、一人っ子の僕に人並み以上の愛情を注いでくれた。

そんな子煩悩な両親に育てられ、なに不自由なく少年期を過ごした僕と違い、沙耶伽の家では大変な問題が持ち上がっていた。

山内家は以前の山内家ではなくなってしまう。

小学校はまだ週休二日制ではなかった。土曜日は半ドンと呼ばれ、午前中だけ学校で授業を受けた。

半ドンの日は集団で下校する。登校するとき元気がなかった沙耶伽が気にかかり、僕は何度も話しかけてみた。しかし沙耶伽はいつも以上に無口で、下を向いて生返事を繰り返すばかりだった。

その日の夜、テレビでバラエティ番組を観ていた時、沙耶伽が泣きながら家に飛び込んできた。驚いた両親は山内家に駆けつけた。僕も飛び出そうとしたが、おふくろに止められ家の中に引き戻された。

テレビからは五人組のコントに沸き起こる笑い声が聞こえていた。沙耶伽は裸足の冷たさにも気づくことなく、膝を抱えて泣いていた。

僕はパジャマ姿の沙耶伽に毛布を掛け、どうしたのかと訊ねた。

「お父さんがお母さんの髪の毛を引っ張って引きずりまわしている」

沙耶伽はそれだけ言うと膝に顔を伏せて嗚咽（おえつ）した。

僕は何も言えなかったし、何もできなかった。ただ沙耶伽の隣に座って耳障りなテレビを消した。

おじさんは酒乱だった。

事故以降、身体が不自由になったおじさんは酒量が増えた。芽衣おばさんはお酒のことを「狂い水」と呼んだ。足が不自由になったおじさんを献身的に支えるおばさんが、客に色目を使ったと言われて殴られる。そんな理不尽な暴力に子供の僕でさえ憤りを覚えた。

おじさんが暴れる度、沙耶伽は僕の家に避難し、おやじやおふくろが止めに走った。

父親が母親を殴る姿を見せたくなかったのか、迷惑を掛けることを躊躇ったのか、沙耶伽だけを僕の家に避難させ、芽衣おばさんが逃げ込んでくることは一度もなかった。ただおじさんの暴力に三軒隣の自分の家で耐え忍んでいた。

芽衣おばさんの身体に青あざが絶える日がなく、綺麗だった白い前歯も欠けてしまった。そんな毎日が続く六年生の夏休み、芽衣おばさんが失踪する。おじさんの暴力に耐えきれなくなり、沙耶伽を残していなくなってしまったのだ。

おばさんがいないと店が回らない。おじさんは芽衣おばさんの行方を捜した。

酔ったおじさんが、所在を尋ねに怒鳴りながら乗り込んで来たことがあった。知らないと答えるおふくろに激高し、手を上げようとした時おやじが間に入った。

「これ以上騒ぐなら警察に電話する。父親が警察に連れていかれる姿を、沙耶伽ちゃんに見せてもいいのか」

沙耶伽の名前を出され、おじさんの昂った気持ちが鎮まるのがわかった。恫喝するおやじの言葉におじさんは踵を返して玄関から出ていった。

出てゆくおじさんの後ろ姿は随分小さくなっていた。不摂生な生活とお酒から、足を引きずって歩くことさえままならなくなり、手から杖を手放せなくなっていた。背筋を伸ばし、牛刀を握っていたかつての姿からは想像がつかない。

おふくろは沙耶伽を気にかけていた。惣菜を作っては持っていき、学校での沙耶伽の様子を僕に尋ねた。

しかし、その頃の僕らは思春期に差し掛かっていた。

中学に入ってからはクラスも違い、言葉を交わすことがほとんどなかった。サッカーに夢中になっていた僕は、登下校の時でさえ沙耶伽を見かけることがなくなっていた。

その頃からだったと思う。おじさんは生活保護を受け始めた。ただ、支給されているお金のほとんどが酒代に回っているのは、沙耶伽の服装を見ても容易に想像ができた。

中学の入学式の前日、おふくろは近所の卒業生の親に頭を下げ、沙耶伽の制服と鞄をもらい受けてきた。

他の新入生の真新しい制服に比べ、おさがりの制服は袖口が擦り切れ、スカーフも垢で薄汚れていた。そのことを友達にからかわれている沙耶伽の姿を見かけたが、僕はそのことをおふくろに話すことができなかった。

冬休み前の寒い日だった。

「この子いつも同じブラジャーを着けてるんだよね」

沙耶伽のクラスから、女の子たちの笑い声が聞こえる。机に座っている沙耶伽を三人の女の子たちが取り囲みからかっていた。

「カーキ色のジャンパー着て、一緒に歩いてんのあんたのおとうさん？」

「セイカツホゴ受けてるんでしょ？　おとうさん、何やってるの？」

「徘徊している暇があるなら、仕事探せよ！」

取り巻いた同級生の黄色い笑い声に曝されながら、沙耶伽は泣くでも、怒るでも、咎めるでもなく、彼女らを無視して教科書を片付け始めた。

「なにこれ、おしゃれじゃん。セイカツホゴ受けているくせに、なんでこんなの持ってんの」

仲間の一人がクリスタルのイルカが付いた瑠璃色のボールペンを筆箱から抜き取った。

「やめて！」

沙耶伽が立ち上がって手を伸ばす。

「これちょうだい。友達だもん。いいよね」

リーダー格の女の子が高く持ち上げる。

そのボールペンは、沙耶伽が芽衣おばさんからもらった最後の誕生日プレゼントだった。

「やめろよ」

僕はボールペンを取り上げて沙耶伽に返した。

この騒ぎはその日のうちに学年中の噂になった。その時初めて僕は沙耶伽が森口という女子グループから、苛(いじ)めの標的になっていることを知った。


そんな出来事があった深夜だった。

玄関の呼び鈴がなった。

寝付かれなかった僕が玄関を開けると不安気な顔をした沙耶伽が立っていた。

この日は夕方から雪が降り始め、夜半過ぎには辺り一面を白銀の世界に変えていた。

「お父さんがまだ帰って来ないの」

沙耶伽が訴えるように僕を見た。

「どうした?」

おやじとおふくろが僕の背中越しに声を掛ける。

「お父さんが夕方出ていったきり戻ってこないんです。こんな時間までやっているお店なんかないし、外は雪が降っているし」

時計を見ると時間は二時を回っていた。

昼間、友達からの苛めにも凛としていた沙耶伽が、泣きそうな顔でおじさんを心配していた。

「とにかく入って」

おふくろに促され沙耶伽は三和土を上がった。

おやじは服を着込んで雪の町に飛び出し、おふくろは台所で甘酒を温めなおした。

たまに走る車のスパイクタイヤが道路を叩く。気持ちが削られるような音が、夜のしじまに響いた。

炬燵にあたりながら、彼女がポツリと言った。

「昼間はありがとう」

彼女と二人きりで言葉を交わすのはいつ以来だろう。

「律くんが助けてくれるなんて思わなかった」

僕は慌てて話題を変えた。

「雪が降ってきたから、おじさんきっとどこかに避難してるんだよ。ほんと、人騒がせだよな」

沙耶伽にお礼を言われるのが照れ臭かった。

朝になり僕らが学校に出掛ける時間になっても、雪は降りやまない。

玄関を出たとき、沙耶伽の家を訪ねる年配の男性と警察官に居合わせた。

「昭和署のものですが、こちらは、山内洋蔵さんのお宅ですか」

年配の男性が、私服の刑事さんだとわかった。

戸惑い口ごもる沙耶伽が答える前に、おふくろが家から飛びだしてきた。

刑事さんの説明を聞いているとき、僕はある光景が頭に浮かんだ。

夏休みの昼下がりだったと思う。僕たちは友達と興正寺の境内で缶蹴りをして遊んでいた。その時、鐘楼（しょうろう）に登る長い石段の中ほどで、軍帽を被った着流し姿の軍人が、片足がない身体を松葉杖で支えて立っていた。

当時はまだ、戦争で手足を失った多くの傷痍軍人（しょういぐんじん）が八事の界隈にもいた。物乞いをする彼らは、大人たちから疎（うと）ましがられ敬遠されていた。

憐れみを覚えた僕たちは、足元に置かれた飯盒（はんごう）の中にお金を入れた。その都度、傷痍軍人は無言で僕らに頭を下げた。

しかし、沙耶伽だけはお金を恵まなかった。僕がお金を渡そうとしたが彼女は拒んだ。

傷痍軍人が立っていた石段でおじさんは見つかった。

長い階段を転げ落ち、鉄製の手摺の支柱に頭をぶつけて亡くなっていた。見ていた者はなく、誰にも気づかれないままおじさんの身体には朝まで雪が降り積もった。

沙耶伽は涙をこぼすことなく、ただ茫然と突然失われた父親の命の顛末を聞いていた。

まだ中学生の沙耶伽を遺体の検視に応じさせることは憚(はば)かられ、おふくろが代わりに警察署に出向いて亡骸を確認した。

おじさんの遺体に不審を抱く者はなく、事故死として扱われた。

年末が押し迫る中、おじさんの葬儀は行われた。

参列者が少ないとても寂しいお葬式だった。冬にはめずらしく風の吹かない暖かく穏やかな日で、焼場の煙突から上がる煙が、おじさんの好きだった八事の空にまっすぐ上がってゆく。

告別式には芽衣おばさんも駆けつけてきた。

久しぶりに会った芽衣おばさんだったが、何を話したか覚えていない。沙耶伽を独りぼっちにしたおばさんに、非難めいた感情が僕にあったのかもしれない。

沙耶伽は、芽衣おばさんが住む北海道に引き取られてゆくことになった。

二人が挨拶に訪れたのは、おじさんの初七日が終わった翌日だった。玄関口で涙を流しおばさんの手を握るおふくろの横で、僕たちは短い挨拶を交わした。

「元気で」

「律くんも」

それが僕と沙耶伽が中学一年の冬に起きた出来事だ。

表情を変えず僕たちに頭を下げていた傷痍軍人の姿を思い浮かべながら、沙耶伽があの時口にした言葉を思い出す。

「わたしたちがお金を渡すのは間違いだと思う。子供のわたしたちからお金を恵まれたら、あの人は余計惨めな気持ちになる。相手の気持ちを考えない優しさは本当の優しさじゃない」

僕とは違う優しさのベクトルを沙耶伽は持っていた。沙耶伽の優しさの前では、お金を恵んだ行為が正しいと言い切る自信が僕にはなかった。


おじさんは事故死などではない。

僕が石段から突き落としたのだ。

小さい時からずっと見知っていたおじさんを僕が殺（あや）めた。

何故あの時、背中を押してしまったのだろう。

その日から僕の心は鉛の鎖に縛られた。自分の犯した罪が、いつかばれてしまうのではないかと不安にさいなまれ、心が落ち着かない日々を過ごした。

ふと気づくと、僕が棲む世界とは違う、別の世界からおじさんに見つめられていた。冬の夕暮れ時、空に雪もよいの重たい雲が垂れこめると、僕の身体は震え、吐き気を催した。

沙耶伽のいなくなった八事の町は、それから大きく変貌してゆく。かって八事倶楽部と呼ばれ名古屋の財界人の社交場だった料亭が、広大な土地の一部を手放し大きなショッピングセンターが建てられた。

僕の家の前にも七階建てのマンションが建ち、その一階はスーパーマーケットになった。カートを押して豊富な品数の中から欲しい物を選びレジに並ぶ。今では当たり前の買い物のやり方が新鮮な時代だった。

山内家が営んでいた精肉屋さんのあった市場は、このスーパーの出現でどの店も商売が立ち行かなくなってしまう。一軒、また一軒と店は閉まり、櫛の歯が欠けたようになった市場は、やがて時代に淘汰され平地に変わった。

一度だけ沙耶伽から年賀状が届いた。年賀の挨拶と共に、簡単な近況が書かれていた。苗字が杉浦に変わっていたのは、芽衣おばさんの旧姓なのだろう。

返事は出さなかった。ただ、遠く離れて暮らし、二度と会うことのない沙耶伽が幸せであることを僕は願った。

二

学生運動が終焉し、学生街をノンポリと呼ばれる若者たちが席巻する。

この時代に「三無主義」という言葉が流行った。

無気力、無関心、無感動。

すべてを否定的に捉える虚無主義とも違う、否定するエネルギーさえも持ち合わせない、いわゆるしらけ世代と呼ばれた若者たちだ。

青年期の僕は、まさに三無主義という言葉がしっくり当てはまった。

教室の片隅で自分が座る空間さえあればそれで十分だった。何かに熱中する友達が疎ましかった。クラスの輪の中に入るのを拒み、人に話し掛けられるのさえ避けたいと思った。

公立の進学校で成績は悪くなかったし、親に手を焼かせることもなかった。ただ何事にも関心が湧かず、すべての出来事に傍観者であることを願った。

そんな僕を大きく変える人物が現れる。

高橋哲哉という男だ。

同じ国公立大文系の選択で、二年生からクラスが同じになった。

雨が降る昼休み、高橋から不意に話しかけられた。

「長瀬はスペックが高いのに、何かもったいないな。これお近づきな」

端正な顔立ちの口角を上げ､長い指でパック入りのコーヒー牛乳を僕の目の前に置いた。

こうして高橋は、軽やかな風を伴いながら、淀んだ僕の世界に突然流れ込むように侵入してきた。

初めて会話を交わした夜、電話で誘いを受けた。

「明日、ロッククライミングに行こうぜ」

「はい？」

「ロッククライミングだよ。むき出しの岩壁に登るの」

「そんなのやったことない」

「俺もない。崖に行くのに往復で一八六〇円かかる。金がないなら貸すぞ」

「いやいや。そうじゃなくて」

「一人じゃ、やばいんだって。落っこちた時、誰かいないとまずいだろ」

今でこそボルダリングと呼ばれるスポーツに変わったが、その当時の高校生で、休日にわざわざ岩壁にへばりつきに行く物好きなどいなかった。

それでも翌日、僕の足は約束した待ち合わせの改札口に向かっていた。

オレンジと濃い緑色の車両に揺られ二時間かけて訪れた絶壁は、見上げるだけで首が疲れた。

「ここで何をするって？」

高さは優に三十メートルを超えていた。

「まぁ、見てろよ」

高橋はロープを肩に掛け、ハーケンを岩に打ち込む。だが打ち込めない。

さらに岩の割れ目を見つけて打ち込む。でも打ち込めない。

顔を真っ赤にして力まかせに打ち込む。それでも打ち込めない。

結局高橋は切り立つ岩壁にカエルのように二十分ほどへばりつき、「駄目だな」と簡単に諦めた。

なぜか高橋とは話が弾んだ。

「結局何がしたかったんだ、お前は」

「思い出づくり」

「馬鹿なの。一八六〇円も出して、何でお前とうすら寒い思い出を作らなあかんの」

「ケチ臭い奴だなぁ、この前コーヒー牛乳おごったろ」

人と打ち解けて言葉を交わすのは何年ぶりだろう。帰りの電車の中に、いつもと違う僕がいた。

不思議と気が合い心の許せる高橋は、僕の壊れた世界を少しずつ修復してゆく。

高橋は身長も高く、ルックスも良く、身体能力にも恵まれていた。僕と違い、人付き合いにも長けていて、スペックの高さは彼の方がはるかに上だった。ケンカも日常茶飯事で、一緒に歩いているだけで他校の生徒にからまれた。

高橋には二人の兄がいて、一人っ子の僕とは違う、随分大人びた世界を持っていた。

初めて彼の家にお邪魔した時、当たり前のように兄貴の部屋から灰皿を持ち出し、彼は慣れた手つきで煙草に火を点けた。僕が初めて飲んだアルコールも彼の部屋で勧められたウィスキーコークだ。

こうして僕は高橋に感化されてゆく。

高橋から受けた影響で、一番大きかったのが音楽だ。

ヘッドホンの大音量でディープ・パープルの「ハイウェイスター」が耳に飛び込んだ瞬間、鳥肌が立った。リッチー・ブラックモアの破壊力のある圧倒的なギターソロは衝撃だった。

それ以降、僕はロックに傾倒し、ギターを弾き始める。

ギターは救いだった。

忌まわしい過去の出来事から僕を解放してくれた。ギターからつまびきだされる音はすべての世界を凌駕し、石段に流れる赤黒い血を忘れさせてくれた。

八事の交差点から南に向かった石川橋に「ａｔｏｍ」というロック喫茶があった。学校が終わると僕たちは、毎日のようにそこに入り浸った。

高橋は学ラン姿を気にすることなく、ジントニックを注文する。セブンスターを器用に箱から取り出し、トントンとフィルターを机に打ち付け、口に咥えて火を点ける。

リクエストしたイーグルスのアルバムが流れる中、高橋は紫煙をくゆらせながら、コーラをストローで啜（すす）る僕をしみじみと見つめて言う。

「お前が真面目すぎるのは女を知らないからだ。今度紹介してやるよ」

高橋が女に顔が広いのは知っている。僕は視線を外して答えた。

「いや、そういうのはいい」

二人が挟む木製のテーブルにはコインで傷つけられたいたずら書きが無数にある。中でも女性器を模したリアルな彫刻が目を引く。

「興味ないのか？」

「ない」毅然と答える僕に、軽く高橋が応える。

「今度、すぐできる女を呼んどくな」

僕は相手にするのをやめた。

でも拒む僕を無視して、高橋は喜々として計画を進めてゆく。

結局、高橋が言う訳のわからない理由とお膳立てで、高二の秋に初体験を済ませた。親が外出中の高橋のガールフレンドの家に、寛美という女の子を呼び出した。寛美はショートの髪が似合う、よく笑う女の子だった。

フライドチキンとバドワイザーでひとしきり盛り上がった後、高橋と彼女が示し合わせたように隣の部屋に消えた。暫くすると壁越しにあからさまな喘ぎ声が聞こえ始めた。

行き場がなくなった時間の中、僕は寛美を押し倒し身体をまさぐった。寛美はわずかな抵抗を見せたが、まもなく僕を受け入れた。

「お前を気に入っていたし、簡単に股を広げそうだったから声を掛けただけだぞ。本当にいいのか。まだ他の女も紹介できるぞ」

「いや、いい」

「初めての女に操(みさお)を立てんのか？　これだから童貞くんは」

高橋にからかわれたが、僕は気に留めなかった。

下半身に我慢と理性がない高橋と違い、僕はその面では極めて真面目でノーマルな人間だった。寛美は十人並みの容姿ではあったが、隣にいても気を使わないでいられる女の子だった。

細い雨が降る朝だった。通学途中のバスの中から、見知らぬ男と一つの傘で寄り添い歩く寛美を見かけた。僕はそのことを寛美に問い質すことはしなかった。ただ、寛美の僕への関心が急激になくなってゆくのがわかった。

高橋に相談し、高橋の彼女から寛美に訊いてもらった。数日後、想定していた通りの答えが返ってきた。

「すまん」

生真面目に謝る高橋がおかしかった。

僕が寛美に執着することはなかった。

人を殺した忌まわしい僕が、人並みに青春を謳歌することなど許されるはずがない。それだけではない。おじさんを殺めた呪縛は、心の支えだったギターさえも容易に取り上げてしまう。

喧嘩に巻き込まれ、指に後遺症が残り、上手くギターが弾けなくなってしまったのだ。希望の支えだったギターを、沙耶伽の父親はあざけるように簡単に奪い取ってゆく。

八事の町は、地下鉄ができてさらに大きく変貌する。

小さな個人商店が淘汰され、大型のファッションビルが乱立した。スズランの形をしたランプ調のお洒落な街灯が設けられ、歩道は美しい煉瓦敷きに変わった。八事は美観を装う町に再開発されていった。

三年生の夏休み、高橋が僕に尋ねた。

「お前、大学はどうする？」

「まだ、はっきり決めてないけど、遠くに行きたい。東京でもいいと思っている」

早く八事の町から逃げ出したかった。この町を出れば何かが変わると思った。

「高橋は北海道だろ」

「ああ」

高橋は国際弁護士を目指し、北海道大学の法学部を目指していた。

「なあ。お前も北大受けないか？」

唐突に切り出された。

北海道大学は、開校当初の外国人教育者と、等間隔に律儀に立ち並ぶポプラ並木くらいしか思い浮かばなかった。

ただ偏差値は高いことは知っている。今の自分では、とても学力が足りない。

「北海道で一緒に住まないか？」

音楽を失い漠然と日々を過ごしていた僕には、北の大地での高橋との大学生活は思いがけない魅力的な提案だった。

「悪くないな」

まだ受験まで半年ある、頑張れば手が届く範疇かもしれない。

高橋は将来の夢のために、僕はこの町の呪縛から逃れるために、北海道を受験の地に選んだ。高橋とシェアする生活を想像した時、ふっと両親の顔が浮かんだ。

北海道大学を受験したいと伝えた夜、おふくろはあからさまに動揺しておやじの顔を見た。

「そうか。頑張りなさい」

おやじは読んでいた新聞を閉じ一言だけそう言った。でも、淋しかったに違いない。僕は一人息子だ。その僕が親元を離れようとしている。この家から通える同じランクの大学は近くにもあると言うのに。

「就職はどうするの？　こっちで考えてくれるの？」

おふくろの問いかけに僕は笑いながら答える。

「まだ大学も受かってないのに、就職の話なんて早すぎるよ」

でもわかっていた。僕がこの町に戻ることはない。

高橋が運転するバイクに乗り、僕らは毎日図書館に通った。授業の出席日数は足りていた。学校より図書館の方が、勉強が捗(はかど)った。閉館時間まで毎日二人で過去問題を解き、傾向の対策に時間を費やした。僕らの前にオレンジ色の問題集が高く積まれた。

クラーク博士の銅像の写真をベッドスタンドに飾り、春からの札幌での高橋との生活を夢見て机に向かった。

零時過ぎ、眠気を覚ますため窓を開け放した。夜陰に紛れ、町の喧騒が聞こえてくる。車の排気音、酔っぱらいの怒声、遠くから救急車のサイレン。虫の音しか聞こえなかった子供の頃とは大違いだ。

今から風呂を浴び、もうひと頑張りする。共通一次まであと一週間しかない。

共通一次試験の最終レクチャーを受けるため、僕は久しぶりに学校に顔を出した。しかし来ると言っていた高橋の姿がない。始業チャイムが鳴り終わるのと同時に、担任と副担任が教室に飛び込んで来た。

「皆落ち着いて聞いてくれ。昨夜、高橋が亡くなった。交通事故だ」

クラス中にざわつきが伝播する。

「病院に搬送されたが、施しようがなかったらしい。先程、おかあさんから連絡があった」

町の喧騒の中、遠くに聞こえた救急車のサイレンが僕の耳に蘇った。

静まり返った教室に女生徒のすすり泣きが広がる。

「通夜は本日七時から営まれる。ただ、受験前の大事な時期だ。皆個々に判断してもらいたい。無理はしなくていい」

しかし通夜にはクラスの全員が参列していた。ハンカチで目頭を押さえているのは女生徒ばかりではない、目を赤くしていた男子生徒も少なくなかった。高橋はクラスの皆から慕われ、愛されていた。

「お前を乗せてなくてよかったよ」

焼香の順番になり遺影と向かい合った時、そんな声が聞こえた。

高橋は無免許だった。いつも兄貴のバイクを勝手に乗り回していた。そして昨日、歩道から飛び出してきた酔っぱらいを避けようとハンドルを切り、反対車線のトラックに突っ込み、短い生涯を閉じた。

昼休みの教室で声を掛けられて以来、僕の精神は、高橋に依存していた。

高橋は親友以上の存在で、忌まわしい過去を持つ僕の浮遊した人生を、現実の社会に導いてくれる道祖神だった。高橋と軽口を交わし一緒に過ごす時間が、辛い過去の追憶から逃れる唯一の手立てだった。二人でシェアする北海道の生活に夢を馳せ、心からそれを望んでいた。


高橋が亡くなってからの僕は、現実感が伴わない抜け殻になった。

僕は受験に失敗する。

北海道大学はおろか望んだすべての大学に降り落とされ、この町から抜け出すことは叶うことがなかった。それでも何とか家から通える私立大学に滑り込むことができた。

そんな僕に、両親は浪人する選択肢を与えてくれた。でも断った。

沙耶伽の父親は、僕を簡単に手放さない。

贖罪(しょくざい)を果たさない僕がこの町から出てゆくことなど許すはずがない。高橋が亡くなったのも、贖罪の糧に思う。この町の呪縛は、塞の神であった高橋の命も簡単に摘んでしまう。

色が淡くなった生活に、気持ちが磨り減らされてゆく。

あとどれくらい堪えれば罪は許されるのだろう。

警察に行き、すべての罪を告白してしまおうか。

犯した罪の隠蔽は、癒されぬ病のように心身を蝕んだ。心が支えきらず、病院で睡眠薬を処方してもらった。

三

多くの時間を大学とアルバイトで費やし、延々と続く無味乾燥な日々を、僕はこの町で繰り返していた。

当時の名古屋は喫茶店文化が根づいていて、八事界隈にも百席を超える大型の喫茶店がいくつもあった。僕はそんなお店の一つでフロアチーフを任されていた。

『ブルバール』という名前の店だ。

覇気のない僕を見かねて、バイト先の店長が毎晩のように飲みに誘ってくれた。店長といっても雇われ店長で、僕とさほど歳は変わらない。

店長の沖田さんは、東京で挫折を味わった人だった。役者希望で東京の劇団に所属していたが、夢半ばで自らの才能の限界を知った。

酔いつぶれると僕たちはお店のシャッターを勝手に開け、客席の椅子を並べて開店時間まで寝た。警備がしっかりしている今では、考えられないことが平然とできる時代だった。

「長瀬。明日から新人が入るから、よろしくな」

沖田さんに言われた。

フロアチーフの立場だった僕は、わずかばかりの時給の高さで、新人の教育とフロアのシフトを組むことを任されていた。

「学生ですか」

「いやフリーだ。シフトはいつでも入れると言っていた。女の子だ。可愛いぞ」

沖田さんの口元が緩んだ。

学生かどうか尋ねたのは、学生は試験休みが重なるため、その間のシフトのやり繰りに頭を悩まさなければならなかったからだ。シフトを組む僕には、フリータイムで働いてくれる人は貴重でありがたかった。

翌日、「こちら長瀬チーフ」そう紹介され、振り向き僕は息を呑んだ。

沙耶伽だった。

沖田さんが言った通り、綺麗で洗練された僕の知らない沙耶伽がそこに立っていた。優しくウェーブされた髪が肩にかかり、子供の頃のショートではなくなっていた。小ぶりだった身長は僕の肩ほどまでになり、細身ながら大人の女性に変貌していた。

唖然としている僕を、沖田さんはからかった。

「どうした。美人で驚いたか」

「あ、はぁ。まぁ」

しどろもどろの僕に、「杉浦です。よろしくお願いします」と彼女は頭を下げた。

突然の再会に僕は戸惑った。

新人教育は僕の仕事だ。仕事の流れを教えなくてはいけない。沙耶伽は控え目ではあるが周りに気を配る笑顔を絶やさず、僕の言うことをメモに取りながら、積極的に仕事を覚えていった。

彼女の働きぶりを見ると芽衣おばさんを思い出す。顔も同じ瓜実顔で、大人になった沙耶伽はおばさん似の美人だった。僕の後ろをついて回っていた頃の面影は微塵もない。だが僕は面影を探す懐かしさより、怯えを伴った気まずさを覚えた。

沙耶伽の父親を殺したのは僕だ。

できるだけ顔を合わせなくて済むよう、二人が重ならないようにシフトを組んだ。

なぜ彼女はこの町に戻って来たのだろう。

彼女は何も語ろうとせず、僕からも訊ねることはしなかった。

沙耶伽目当てに立ち寄る男性客が増え、早朝の売上が跳ね上がった。

『スターウォーズ』の二作目が話題になった夏が終わり、暦は九月へと移り変わってゆく。

店の駐車場の一部に畳敷きのプレハブがあり、そこが休憩所兼ロッカールームになっていた。一つ置かれたスチール机に座り、僕は翌月のシフト作りに取り組んでいた。

「律くん」

沙耶伽が僕に声を掛けた。

彼女が「律くん」と呼ぶのは再会して初めてのことだったと思う。

「お願いがあるんだけど」

「なに？　シフトの希望？」

「違うの。律くんの大学を案内してほしいの」

突然の申し出に戸惑った顔を見せると、彼女ははにかみながら言葉を続けた。

「律くんの大学の敷地内に戦国時代に大きな屋形があったの。織田信長の家臣だった佐久間信盛の屋形だと言われているの。土濠か空堀（からほり）の跡があると思うから、確かめさせてほしいんだけど――」

僕はさらに困惑をした顔を見せたと思う。

「わたしね。八事の歴史を本にしたいの」

いろんな思いを巡らせながら、僕はシフト表に目を落とした。心がすくんだ。でも沙耶伽のどこか真摯で真っすぐな願いを、無下に断ることができなかった。

「来週の水曜日は？　午前中なら講義もないし、沙耶伽も休みだろ」

「うん、ありがとう」

嬉しい時、目を細める仕草は子供の頃と変わらない。

大学に僕が着いた時には、もう沙耶伽は待ち合わせの正門に立っていた。ラベンダー色の薄手のサマーニットにフォギーグレーのロングスカート。長い髪をなびかせ、手にはスケッチブックとバインダーを持っていた。清楚なたたずまいを見せる彼女を、学生たちがチラ見していく。

「大学に入るのは初めてなの。部外者でしょ。目立たないようにできるだけ学生に見える格好をしてきたつもりなんだけど。これでよかったかな？」

「十分過ぎるよ」

僕は笑ってキャンパスに入ることを彼女に促した。

夏休みが終わったキャンパスは、学生たちで溢れかえっていた。どんなに学生らしい格好をしても無駄に思えた。彼女の美しさは避けようがなく衆目を集めた。すれ違う男子学生のみならず、女子学生も横目で沙耶伽の顔を覗き込んでゆく。

校内の見取り図や敷地内の凹凸をスケッチに画き取る彼女の横で、僕は芝生に寝そべっていた。

「ごめんね、もう少しだから」

手持ち無沙汰の僕に、沙耶伽は何度も謝った。

「ほんとにいいの？」

スケッチが終わると、学食に彼女を招いた。

「学生らしい格好をしてるんだからいいんじゃない。セットはやめときなよ。アホみたいに値段が高くなるから」

カレーを食べる頃には、少しずつだが会話が弾み始めた。

「これからどうするの？」

「『祐天寺』ってお寺に行ってくる」

「ん？」

「桶狭間の合戦のとき、織田方の武将がそこに集まって出陣した言い伝えがあるの」

沙耶伽は今の世なら歴女と呼ばれる女の子だろう。

「大学の前のバス停から乗れば一本で行けるよね。バス停がどこか教えてくれる？」

「心配だな。俺も行く」

「えっ。悪いよ」

「兜の一つも見つければ、カレーをセットで食えるかもしれない」

僕も歴史は嫌いじゃない。僕は二人分の空いた皿をトレーにのせて立ち上がった。

「こうして並んでバスに乗っていると潮干狩りに行ったことを思い出すね」

「あぁ。親に内緒で行った時な」

「小学校の三年生の時だっけ。怒られたよね」

「怒られた。怒られた。でもあの後おやじ、喜んでアサリの味噌汁飲んでたぜ」

バスの狭いシートに二人で腰を下ろした頃には、兄妹のように過ごした時間に巻き戻されていた。僕が心の奥に隠しておいた何かが優しく弾んだ。

翌日から、避けていたお店のシフトを解禁した。

それ以来、沙耶伽は僕を頼りに、移り変わった八事の町のことをあれこれ訊ねるようになった。

「半僧坊のバス停前の自転車屋さんって、今でもやってるのかな？」

「あぁ、橋本自転車な。どうかなぁ。つぶれたような気がする」

「そっか。やはり自転車があると便利だよね。行動範囲が広がるよね」

彼女は毎日時間を惜しむように、八事の埋もれた歴史を探すため奔走していた。

「ママチャリだけど、おふくろのを使えば？」

「無理だよ。悪いよ」

「おふくろは使ってないぞ。うちのおふくろのことは知ってるだろ。なくなったと気づくのに五年はかかる。さらに、今はMちゃんのことで頭がいっぱいだ」

この年の十月、昭和の菩薩と評された歌手が共演した男優と結婚し引退する。

「あはは、福子おばさんかぁ。会いたいなぁ」

「今度うちに食事においでよ。おふくろが喜ぶ」

「無理無理無理。あんなに良くしてもらったのに、今までろくに連絡もしてなかったんだよ。その上食事に行くなんて、そんな厚かましいこと絶対無理！」

「よく言うよ。勝手にあがり込んで、俺より先にメシ食ってお茶すすってたくせに」

「あはは、あったね。そんなこと。若気のいたりだ」

彼女はよく笑った。幼い頃の共通した思い出が二人の距離を縮めてゆく。


おふくろに沙耶伽と働いていることを伝えて良かったのか、悪かったのか。

話をした翌日、開店と同時におふくろが店に飛び込んで来た。

一目散に沙耶伽に駆け寄り、人目を憚らず抱きしめ泣きじゃくった。そんなおふくろに、沙耶伽も目を潤ませていた。

その日以降沙耶伽は度々我が家でお風呂に入り、食事を共にするようになった。

中学まで人見知りの激しかった彼女が、今では人の心に沁み入る笑顔を振り撒いている。

そんな沙耶伽に晩酌されるおやじは鼻の下を伸ばして杯を重ねた。

おふくろは人一倍おせっかいだったが、デリカシーは持ち合わせていた。北海道に移った後のことを、あれこれと詮索はしなかった。彼女のアパートの環境や身に着けているものを見れば、決して暮らし向きが豊かでないことは察せられた。ただ芽衣おばさんの安否だけは尋ねた。精肉店を営む際、少なくない借金をしていたことをおふくろは知っていたのだ。

芽衣おばさんは、昼はスーパーで、夜は週三日小料理屋さんで働いているらしい。女手一つで娘を育てた苦労はあったであろうが、沙耶伽もそれ以上の説明を避けた。

彼女が食事に来たときは、僕がおやじの車でアパートまで送り届けた。

秋まつりのお囃子がどこかから聞こえてくる中、僕たちは唇を重ねた。乾いた心に、沙耶伽が沁み込んでくるのがわかった。


八事は、かって飯田街道と呼ばれ信州に抜けていく要地だった。街道を挟み小高い山がいくつもあり、それぞれの山に尾張藩の直臣の家老が城を設けていた。控え山と呼ばれていたそうだ。

そんな説明を受けながら僕は、沙耶伽の歴史探索につき合った。

伊勝城、植田城、高針城、末森城、中根城、島田城。八事を取り巻くように築城された城跡をくまなく探索した。

城といってもせいぜい二十人ほどが収容できる、物見櫓のある砦ほどの大きさだったらしい。住宅地に変貌した街並みから昔の痕跡を探すのは困難を極めた。

おやじから車を借りて名古屋の近郊も回った。

名古屋周辺は古戦場の宝庫で、行く場所を選ぶのに事欠かなかった。

織田信長の三男が秀吉に追い詰められ切腹し果てた場所を探しに、知多半島を一日掛けて探索したこともあった。


「いつもごめんね。ほんとに助かってる。お礼にシチューを作ったから食べに来て」

誘われて彼女の部屋に招き入れられた。

初めて足を踏み入れた沙耶伽の部屋は、六畳の和室と三畳ほどの板敷きの台所だけの間取りで、年頃の女の子が住むにはふさわしくない寒々とした空間だった。カーテンと布団とちゃぶ台と、生活に必要な最低限の日用品しか備えられていなかった。

その中で唯一新しいものと言えば、バイト代が支給された日に二人で買いに行った電気ストーブだ。木枯らしが吹き始め、肌に寒さを感じる季節が訪れていた。

沙耶伽の手作り料理を食べるのは初めてだった。

シチューは骨付きの鶏肉をトマトソースで煮込んだもので、よく煮込まれた鶏肉は簡単に骨から身が剥がれ落ちた。ホクホクの大きなジャガイモが身体を温め、甘い玉ねぎが心を癒やした。

そしてその日の夜、僕らは身体を重ねた。

処女だった沙耶伽が僕に身を委ねてくれた。

台所を仕切る和風硝子に電気ストーブのオレンジ色の灯りが映る。薄い布団に包まりながら、沙耶伽は僕の胸に顔を伏せていた。

「あれって、大学に来た時着ていた服だよね」

ハンガーに吊るされたラベンダー色のサマーニットを眺めて僕は尋ねた。

「小樽を出るとき、お母さんが買ってくれたの。わたしの大事な服。ラッキーカラー」

彼女は青春期を過ごした小樽の町のことを語り始めた。

沙耶伽の口からほつほつと紡がれる小樽の街並みは、とてもロマンチックな箱庭のような町に思えた。

「その運河沿いを一緒に歩けたらいいね」

僕のたわいのない問いかけに、彼女は戸惑った。

「そうだね」

ひと時思いを巡らしてから沙耶伽はそう答えた。

その頃の僕は二人の時間が永遠だと思っていた。

沙耶伽が小樽に帰るとは微塵も考えていなかった。八事の歴史を紐解き終われば、ここにいる意味がなくなることに気づいていなかった。

とりとめのない話をしながら、僕たちは眠りに落ちた。

翌朝、水がシンクを叩く音で目が覚めた。僕より早く起きた沙耶伽が、初体験だった証しが残ったシーツを台所で洗っていた。

そんな台所に立つ沙耶伽の後ろ姿が、脳裏に焼き付いて今も離れない。

興正寺には何回も足を運んだ。

沙耶伽の研究の大半はこのお寺に費やされ、住職さんに何度も話を聴きに伺った。

住職さんも言い伝えられているお寺の歴史を丁寧に教えてくださった。

興正寺にはいろんな言い伝えが残されていた。お城から落ちるときの抜け穴があったとか、徳川の埋蔵金が隠されていたとか、そうした類の話は尽きない。

また不思議なスポットがいくつもあり、とある石碑の穴に手を入れると、手が濡れたか濡れなかったかで伊勢湾の潮の満ち引きがわかると言われた。

他にも水面に映る自分の姿で寿命や健康状態がわかると言い伝えられている古井戸もあった。僕は面白がって覗き込んだが、沙耶伽は頑なに拒んだ。

おじさんが亡くなった石段に差し掛かる。

沙耶伽は亡くなった鉄の支柱の前で手を合わせた。風化した支柱は、小豆色の塗装が剥げ落ち、ところどころ赤錆が浮かんでいた。

僕も並んで手を合わせた。二人は長い時間その場で合掌した。

石段を降りながら、ぽつりぽつりと彼女は言葉を選ぶように語り始めた。つるべ落としの黄昏が辺りを覆い始めていた。

「あのね。あの日――」

「ん？」

「おとうさんが亡くなった日」

「ああ」

心臓がドクンと跳ねた。

「わたしが森口さんたちに苛められていたのを覚えてる？」

「ああ」

教室の一角で沙耶伽は、女生徒三人に取り囲まれていた。

「おとうさんと一緒に歩いていることを、からかわれたの」

「うん」

「あの日も、おとうさんから興正寺に行くことを誘われたの。……でも断った。行きたくなかった。……もしわたしが一緒に行っていたら、あんな事故には遭わなかったと思う」

　心臓がまた跳ねた。

「おとうさんは、興正寺に疑問を持っていたの」

　彼女はこのお寺の説明を始めた。

「これだけのお寺を造ったのに、徳川のゆかりのある人のお墓が一つもないのはおかしいって。当時の興正寺は十万坪もあって、堀と土塁に囲まれて空堀まであったの。名古屋城の出城（でじろ）として造られたのだと思う。どうして江戸幕府にお寺の建立願いまで出して、こうした出城のようなお寺を造ったのか。しかも、徳川の敵は西国（さいごく）大名でしょ。それなのになぜ、お城の東側に必要だったのか。おとうさんはね、興正寺は幕府に対しての備えだと考えていたの」

　おじさんの推論を沙耶伽は語り続ける。

「興正寺が建てられた頃、尾張藩は幕府とはかなり緊迫した状態だったの。参勤交代にもなかなか従わず、最後に渋々江戸城に登城したみたい。そんな尾張藩を幕府も面白く思わなくて、一触即発状態だった。東から中仙道で名古屋に攻め入る場合、まず戦場と考えられるのが八事なの。お寺の建立願いで幕府を欺いて、気づかれないように要塞都市を造り上げようとしたんじゃないかって。お父さんはそう考えていた」

山を下ると遠くに町の喧騒が聞こえ始める。

「あの日、その仮説を確かめるため、おとうさんは興正寺を訪れたの。八事山が東に切り立っているのか、西に切り立っているのか。東に長く伸びる空堀の跡があれば、まず間違いがないって。それを確かめればすべてがわかる。そう言ってあの日、八事山に行ったの。そしてあの事故に遭った」

陽は傾き暗い夜の帳が八事の町に落ち始める。

「おとうさんは自分の仮説が確信に変わるのを、わたしと共感したかったのだと思う。だから学校から帰るのを待っていた。それをわたしが拒絶したの。嫌がらず一緒に行っていれば、あんな事故には遭わなかった。だから八事の歴史を編纂した本を、わたしが代わって作らなければいけないの。お父さんの夢だったから――」

沙耶伽がどんな表情でそのことを語っていたのか、暗くて窺うことはできなかった。僕は沙耶伽に胸の鼓動を気づかれるのが怖かった。

移り変わる季節は気忙しく秋の背中を押してゆく。

僕は家にある使えそうな物を物色して、彼女のアパートに運び込んだ。僕の部屋の冷蔵庫を提供したし、引き出物にもらったお鍋やタオルも押し入れから拝借した。

使ってないテレビも持ち込んだが、真ん中に白い点しか映らなかった。今の時代の液晶テレビと違いブラウン管のテレビだ。工学部の友達から真空管を譲り受け、図書館から借りてきた本と、メーカーから取り寄せた取扱説明書を頼りに、丸一日奮闘してテレビの機能を復活させた。

「うわぁ、すごい。ほぉんとに映った。律くん尊敬」

沙耶伽が見せてくれる笑顔がうれしかった。

室内アンテナだったので映りの良くない放送局もあったが、それでも彼女は弾けるように喜んでくれた。

「はい、ごほうび」

缶ビールのプルタブを外して僕に差し出してくれた。

僕たちがつき合い始めて、初めての冬が訪れる。冬はイベントが盛り沢山だ。クリスマスがあり、大晦日があり、新年を迎える。

それから沙耶伽の誕生日があって、僕の誕生日がある。

彼女の誕生日が一月二十九日で僕は二月三日だ。彼女は毎年五日間だけ僕よりお姉さんになる。

彼女は日記を付けていた。毎晩寝る前に、鍵の付いた赤い革の日記帳を本箱から取り出し、その日あったことを数行書き加えていた。

僕が覗き込むと、「駄目！　マナー違反」、そう言ってふくれた顔を向けた。


「今日は何の記念日？」

僕は彼女を抱くとき、何らかの記念日を作った。

初めてオセロで負けた記念日。初めて二人でワインを飲んだ記念日。たわいもない理由で彼女と肌を合わせる口実をつくった。

この日、ラジオからは、『イマジン』が繰り返し流れていた。

「今日は記念日じゃない。追悼だよ」

一九八〇年十二月八日。ダコタハウスの前でジョン・レノンが銃で撃たれ死亡した。

布団の中でじゃれあっていた沙耶伽が毛布に包まり、窓の外を見た。

「律くん。雪だ！」

大きな結晶がしんしんと暗い空から舞い降りていた。

「明日は雪景色だね」そういう僕に、「ねぇ。外に出よう」と、沙耶伽が驚くことを言い出す。

「えっ？　今の時間わかってる？　丑三つ時だよ」

「いいから、はやく」

ジーンズに足を通しながら僕を促す。

草木も眠る八事の裏通りで、僕たちはまだ誰も踏み入れていない真っ白な雪のキャンバスに足跡をつけてはしゃぎまわった。

「わたし雪が大好き。嫌な思いをぜんぶ忘れさせてくれるから。雪は亡くなった人の魂の結晶なんだよ。先に逝った人が地上に遺された人たちのことを思う魂の欠片なの。小樽にはそんな優しい雪がいっぱい降るんだよ」

沙耶伽は鼻の頭を赤くしてうれしそうに笑った。

「わたし雪女なのかな。北海道から雪を連れてきちゃった。律くんにも、優しい雪がいっぱい降り注ぎますように」

両手を広げ、空を仰いで彼女が言った。

そんな沙耶伽が愛おしかった。雪は休むことなく、街灯に照らされる光の輪の中を踊りながら舞い降りてくる。

僕は両手で沙耶伽を抱きしめる。でも、彼女の手は僕の背中に回されない。

それが不満だった。

沙耶伽の柔らかい唇に唇を重ねる。それでも彼女の両手は下げられたままだ。首に手が回されることはない。

それが不安だった。

そんな不満と不安の塵が、僕の心の中に澱（おり）となって溜まってゆく。

投げやりとかではない。ただどこか恬淡（てんたん）な所が沙耶伽にはあった。もし僕に他に好きな女の子が現れても、僕に執着することはないように思う。今まで過ごしてきた薄幸な人生の経験から身についたことなのだろうか。沙耶伽の欲はどこまでも希薄で、運命の流れに身を任せる選択枝しか持ち合わせていないように思えた。

彼女が僕を大切に思ってくれているのはわかった。でも彼女の感情はどこかおぼろ気で、僕のことが本当に好きなのか自信を持つことができなかった。

彼女との関係を続けることは、雪がいつまでも溶けないことを願うより難しく思えた。


ときおり彼女は父親への思慕の深さを語った。

僕はそれを聞くのが辛かった。

芽衣おばさんが逃げ出した後、おじさんと二人で過ごした生活は、沙耶伽にとって塗炭の苦しみの日々でなければならなかった。

しかしそれは彼女の中で、すでに浄化されていたことのようだった。

「お母さんに手を上げていたお父さんは、本当に嫌で仕方なかった。でも、わたしは一度もぶたれたことがないの。わたしには優しいお父さんだった」

僕が抱いているおじさんのイメージを払拭したいかのように、沙耶伽は丁寧におじさんのことを語った。

「お父さんとの散歩も嫌じゃなかったの。八事の町のことをいろいろ教えてくれた。今振り返ると、それが子供の頃の一番の思い出になってる」

そんな彼女に僕は問う。

「おじさんが亡くなったおかげで辛かった生活から解放されたんじゃないの？」

しばらく逡巡し、沙耶伽はつぶやいた。

「人の痛みは、本人じゃないとわからないから」

それ以上何も言えなかった。僕は浅はかな質問をしてしまったことを悔いた。おじさんを殺めた罪を正当化する術などないのだ。

僕は沙耶伽を失うことが怖かった。

確信を持てない僕への愛と、いつか僕が父親を殺めたことに気づかれてしまうのではないかと、二つの不安に悩まされた。


「律」

おやじが風呂から出た僕を呼んだ。

「飲むか？」

巨人ファンのおやじが野球を観ながらリビングでビールを飲んでいた。

「いや、いい」

「そうか。ところでおまえ。沙耶伽ちゃんとつき合っているのか？」

おやじらしいストレートな訊ね方だった。

どう答えようか躊躇したが、これだけ行き来しているのに誤魔化すのはおかしいと思った。

「うん」短く答えた。

「そうか。それなら父さんは嬉しいぞ。いい子だから律のお嫁さんになってくれるといいな」

おやじは笑いながら僕を見る。

「気が早すぎ」

そう言って僕はグラスを取り上げ、のどに流し込んだ。

親には公認されたが、バイト先では僕らのつき合いは秘密にしておいた。ただ幼馴染だったということだけは皆に話してあった。

そんな彼女に少し困ったことが起きていた。彼女に付きまとう男が現れたのだ。今で言うストーカー行為だ。

彼女が部屋に入るのを見計らいチャイムが鳴る。

そしてドアを開けると、ケーキやら、お刺身やら、お好み焼きやらを差し入れして、何も言わずに帰って行くのだ。

ストーカーは沖田さんだった。

何かされるわけではないが、無下にもできず、どうしたらよいか沙耶伽から相談を受けた。

沖田さんは店の店長であり、僕の兄貴分だ。何かと気にかけて面倒を見てくれている人だ。僕にとっては、気が重たい問題だった。

閉店後に床にモップを掛けながら、沖田さんに誘いの声をかけた。

「今夜、久しぶりに『みよちゃん』に行きませんか」

「おう、ええで」

『みよちゃん』は八事から少し離れた所にある安価に飲める焼き鳥屋で、本来の屋号は『竹や』といった。腰の曲がったおばあちゃんが従業員で働いていて、店員さんやお客さんから「みよちゃん」と慕われていた。

いつからか沖田さんと僕の間では、店の名前は『竹や』ではなく、『みよちゃん』になった。

一通り注文を済ませ、煙草を咥えた沖田さんが訊ねてきた。

「で、今日はなに？」

言い出しづらかったが、仕方なかった。

「実は俺、杉浦とつき合ってます」

沖田さんは、ドラマか映画でしか見たことがないような見事なフリーズを見せ、咥えた煙草を口から落とした。

そして少し間が空いた後、ひきつった笑顔を僕に向けた。

「いやぁー。まいったなぁー。幼馴染とばかり思っていたから、いやぁ騙された」

「すみません」

騙していたつもりはなかったが、ひとまず謝った。

「まぁー、あれだな」

沖田さんは、当時人気の幼馴染との恋愛をコミカルに描いた野球漫画を引き合いに出した。

「そうですね」

僕は高校球児でもなく双子の弟もいなかったが、一応相槌を打った。

目の前にポテトサラダと焼き物が並ぶ。飲むと陽気になる沖田さんが黙々と酒を煽(あお)っていた。ピッチがいつもより早い。小一時間で出来上がっていくのがわかった。

やばいと思ったが、流石に逃げ出すことができなかった。

「で、今日はなに?」

まずい、絡み始めた。

「どうしましょう? 俺か杉浦か、どっちか辞めた方がいいですか?」

沖田さんに訊ねた。

「いや。それはいい。どうでもいい。俺が辞めるから」

投げやりに言う沖田さんに僕は慌てた。

「はぁ? それはまずいでしょ」

とんでもない方向に話が進み始めたと思った。

「そうじゃない。聞け、長瀬。まだ誰も知らんが、俺は店を辞める。辞めて実家に戻って家業を継ぐ」

沖田さんの地元は松本で、父親は大きな結婚式場を営んでいると聞いたことがあった。

「俺は杉浦さんに結婚を申し込むつもりだった。彼女を松本に連れて行くつもりだった。そして両親に紹介するつもりだった」

「はぁ」

沖田さんは手酌でコップにお酒を注ぎ入れ、ぐびぐび呑んで荒々しくテーブルに置いた。

「俺の最初のブライナーの仕事は、俺と杉浦さんの華燭の宴と決まっていた」

「ブライナーじゃなくてプランナーですよね」

と、突っ込みたかったがやめた。

「長瀬沙耶伽より沖田沙耶伽！　こっちの方がしっくりくるじゃないか。それなのに、それなのに。お前って奴は、お前って奴は。なんで俺を騙した！」

「すみません」

騙していたつもりはさらさらなかったが、めんどくさいので謝った。

軒先の提灯が片付けられるまで僕らは飲み続けた。勘定を済ませて外に出ると、酔って暖簾をくぐる身体に、師走の寒風が容赦なく吹き付けた。

「おい、長瀬。杉浦さんは俺のことを何て言ってた」

もう真面目に答える気が失せていた。

「あっ。いやぁー。刺身がおいしかったって喜んでました」

「テメェー　長瀬！　コノヤロー！」

僕は横断歩道の真ん中で、奇声をあげられながら羽交い締めにされた。

この愛すべき沖田さんが八事の町からいなくなってしまう。

翌日、沙耶伽に昨夜の話の顚末(てんまつ)を伝えた。

「そっか。淋しくなるね」彼女はぽつりと呟いた。

「ねぇ。沙耶伽の部屋で送別会してあげない？　沖田さん喜ぶと思う」

沙耶伽は首を横に振った。

彼女の優しさのベクトルは子供の頃から変わっていない。


この冬は寒冷前線が張り出し、珍しく名古屋にも雪が降る日が多かった。本当に彼女が雪を運んできたのだと思った。

紗耶伽は身体が丈夫ではなかった。朝晩に貧血の薬を欠かすことがなかったし、度々微熱を出して店を休んだ。

熱が出ると食が細くなる彼女に、僕は店のレシピでリゾットを作ってあげた。ガーリックバターで味付けしたトマトのリゾットを嬉しそうに食べてくれる。

沙耶伽が嬉しそうな顔を見せてくれると、僕の心は幸せな気分で満たされた。

沖田さんのストーカー騒ぎが収まると、次におふくろのお店襲撃事件が始まった。

毎回沙耶伽のシフト時間におふくろが客になって現れた。来たらなんだかんだと沙耶伽に声をかけ、話し相手になろうとする。

「迷惑だからやめろよ」と、咎めても、素直に引き下がるおふくろではない。

今日もおふくろは現れた。僕は荒々しくテーブルに水を置き、「ご注文は？」とオーダーを促す。

「あら、いやだ。乱暴な店員さん。わたし、あちらの綺麗なお嬢さんに注文を訊いていただきたいわ」と、シラーっと抜かす。

そんなやりとりを見て、沙耶伽は笑いながらおふくろのところにオーダーを取りにくる。

「なぁ、ほんと。マジでやめてくれ。フロアマネージャーとしての俺の立場もあるじゃん」

沙耶伽は僕の家でお鍋を一緒に食べながら、おふくろと僕のやりとりを楽しんでいる。

「沙耶伽ちゃんは迷惑？」

「全然」笑って答える。

「おい。こんな鍋一つで魂売るな。迷惑だと言ってやれよ」

「お鍋、さいこー」

彼女のおどけた一言で、皆が笑い声をあげる。

「あんたフロアチーフじゃなかったの？」

「昇格したの。今度沙耶伽に話しかけたら、マジで出禁にするからな」

苛立って、言葉を足して言い放つ。

「フロアマネージャー舐めんなよ！」

憤る僕をおふくろが茶化す。

「あっ、わたしいいこと思いついちゃった！　おばちゃん、沙耶伽ちゃんと一緒にあの店で働こうかしら！」

「あはは、それいい。さいこー」

二人は笑い転げ、僕の箸は転げ落ちた。

「律。わたしがフロアマネージャーだからね、あんたはチーフに降格ね」

おふくろが相手だと、きっとガンジーでも首に手がかかる。

沙耶伽から渡されるクリスマスプレゼントはわかっていた。ラベンダー色のマフラーだ。

お気に入りのニットとお揃いの色を彼女は選んでくれた。映りの良くないテレビで歌番組を観る僕の隣で、彼女は手を休めることなくかぎ針に毛糸を引っかけていた。

クリスマスイブ。沙耶伽は僕の家族と共に過ごした。

おやじとおふくろは小さな包みを沙耶伽から受け取っていた。僕はミトン手袋とオルゴールの付いたスノードームを沙耶伽にプレゼントした。

外には小雪がちらついていた。おやじとおふくろと、そして沙耶伽と僕の幸せに包まれた聖夜が過ぎてゆく。

これが彼女と過ごした一度きりのクリスマスだ。

喫茶店の大晦日は、学生が帰省し人手が足りない。今年は沖田さんもおらず、僕は十八時間連続勤務の地獄のシフトになった。店は忙しく休憩も取れず、身体が悲鳴を上げた。閉店後もレジの精査作業に手間取り、くたくたになって沙耶伽のアパートにたどり着いたのは、年が明ける数分前だった。カンカンと鉄製の階段を上ると、ドアを開けて沙耶伽が出迎えてくれた。

「おかえり」

「ただいま」

「ねえ、見て」

嬉しそうな彼女に促されて部屋に入ると、三段重ねのおせち料理がちゃぶ台の上に鎮座していた。

「すげぇ。沙耶伽が作ったの？」

「ううん、違うの。律くんが疲れて帰って来るから一緒に食べてあげてって。福子おばさんが持ってきてくれた」

蓋を開けると色とりどりの僕の好物が溢れんばかりに詰められていた。二人きりで年を越せるよう、おふくろが気を使ってくれたのだ。

「すごいね。さり気なくこんなことしてくれるなんて、おばさん素敵だよね」

おふくろが相手だと、どんな凶悪犯でもきっと改心できる。

「お酒はないよね？」お重を広げながら僕は訊ねた。

今と違ってコンビニなどない時代だ。ましてや大晦日の深夜に店を開けている奇特な酒屋などなかった。

「これ、おじさんから」

沙耶伽が冷蔵庫から冷えた日本酒を取り出してきた。

見るとレッテルに『吟醸酒です！　高いです！　あなたの父親に感謝しましょう！』と、

でかでかと赤字で書かれてあった。

「すげぇな。さり気なさのかけらもないな」

沙耶伽と笑った。テレビでは新年のカウントダウンが始まっていた。


年が明けると彼女は何かに押されるように、精力的に歴史探索に走り回った。

沙耶伽は一つの疑問に当たる度、バスに乗って図書館に出向いて調べた。当時は、指先を動かすだけで容易に情報を得られる時代ではなかった。

僕が初めてデジタルカメラを手にした時も、この当時の彼女に手渡してやりたい衝動に駆られた。写真を撮っては現像に半日を費やし、スケッチブックに整理していた姿を思い出す。手間と時間が掛かる時代だった。でもまだ便利さを知らなかった僕らは、不自由さを感じることもなかった。

一月二十九日。僕は彼女をアパートで待ち受けていた。

「ただいま」

「おかえり、誕生日おめでとう」

「ありがとう」

そう言って、ダウンジャケットを鴨居に掛けようとした彼女が、足を止める。

「あっ」

足元にダイヤル式の黒い電話。僕からの誕生日プレゼントだ。

ポケベルさえまだ普及する前の時代だ。唯一相手と安易に連絡を取り合う手段は電話しかなかった。

「これでいつでも沙耶伽と話せるし、小樽の芽衣おばさんとも連絡が取れるよ」

「律くん。ありがとう」

彼女は嬉しそうにお礼を言ってくれた。

でも、彼女が困惑の表情を浮かべたのを僕は見逃さなかった。

「お金はだいじょうぶだよ。権利金は払ったし、月々の通話料も手伝うから」

僕は沙耶伽が困惑した理由はお金の心配だと思っていた。それが間違っていたことを後から知る。

二月三日。僕は沙耶伽から誕生日に腕時計をプレゼントされた。

当時流行ったデジタル表示の時計ではなく、ダークグリーンの文字盤の上で白い針が時を刻むクラシックな落ち着いたデザインだった。バンドもメタルではなく茶色の革製だ。

「大人しすぎたかな」

彼女は僕の腕に時計を巻きながらひとり言ちた。

「律くんに長く使ってもらおうと思ってこの色を選んだのだけど」

「ううん。全然いい。気に入った。ありがとう」

僕はお礼を言った。なぜ沙耶伽が長く使ってほしいと願ったのか、僕は後からその思いを知ることになる。


大雪が降った翌日、彼女からの電話が鳴った。暫くバイトのシフトを抜けたいとの要望だった。

八事史の編纂がいよいよ佳境に入ったと言っていた。集中したいから僕が彼女のアパートを訪れるのも遠慮してほしいと告げられた。

「うん。わかった。頑張って。何か手伝うことがあったら電話して」

おじさんの遺志だった八事の歴史を本にすることが、彼女の夢であることはわかっていた。僕は心から応援したいと思った。

一日に一度電話を架ける時間を決めた。ワンコールで出ることもあったし、何回も鳴らさないと出ないこともあった。彼女の編纂の邪魔にならないよう、会話は短めに切り上げようと努めた。

五日ほど経ったある日、彼女から電話が入った。

「律くん。アパートに来て」

久しぶりに沙耶伽に会える。

僕は自転車に立ち乗りになって力いっぱいペダルを漕いだ。頬に当たる風が気持ちよかった。冷たさの中に春の気配を感じさせる風だった。

今までの中で一番の沙耶伽の笑顔が僕を迎えた。

「できたの？」

「うん」

嬉しそうに頷いた。

沙耶伽は少し痩せたようにも思えた。

和硝子の引き戸を開けて部屋に入った。布団が部屋の隅に畳まれ、沙耶伽がこの部屋で、一心不乱に没頭していたことを淀んだ空気が教えてくれた。

「どこ？　見せて」

彼女が精力を傾け、まとめ上げた八事史は、僕が一番に読ませてもらえるものと思い込んでいた。

「えっ。ごめん、昨日小樽に送った」

「そうなの」

拍子抜けしている僕に、彼女は笑顔を湛えたまま言った。

「律くん。今までありがとう。わたし来週小樽に帰るね」

（小樽に帰る？　来週？）

沙耶伽の口から発せられた言葉の意味が咀嚼できなかった。

「えっ。小樽ってどうして？　どうして小樽に帰るの？」

「だって編纂は終わったんだよ。原稿書きは小樽でできるもん。八事に居る意味がないよ」

（八事に居る意味がない？）

彼女の台詞に僕は戸惑った。彼女は僕との別れの言葉を、コートでも脱ぐように簡単に口にしている。

何が起きているのか理解できず、焦燥感が僕を襲った。

「何なのそれ。俺たちって、つき合ってるんじゃないの？」

僕の声は怒気を帯びる。

沙耶伽は大きな声に肩を窄めた。だけど悪びれた様子には見えない。どこか恬淡虚無とした態度にやりきれなさが募る。彼女のことを初めて憎く思った。

「なんでそんなこと一人で勝手に決めるの！」

「――ごめんなさい」

消え入る声で彼女は謝った。誕生日に電話を引いた時の困惑した表情が頭を掠めた。すぐに小樽に帰ることを決めていたこの部屋に、電話など必要なかったのだ。

ちゃぶ台を挟んで向き合ったが、彼女はうつむいたままだった。

「原稿を書いている途中で、また調べたいことが出てきたらどうするの？　ここで書きあげた方が絶対にいい」

彼女を翻意させようと僕は見苦しいほど必死に理由を探した。

一呼吸の沈黙の後、彼女は口を開いた。

「ごめんね。律くんに今まで黙っていたことがあるの」

顔を伏せたまま語り始める。

「あのね。……おかあさんが病気なの。……眼の病気。視界が狭くなって最後は見えなくなっちゃう」

（芽衣おばさんが病気？）

沙耶伽の口から出た思いがけない話に、僕は動揺した。

「おかあさんがまだ一人で生活ができるうちに、八事に来たかったの。でももうこれ以上我儘は言えない。どんどん進行して目が見えなくなってきているの。お母さんの面倒を看るのはわたししかいないから」

冬の薄い西日が射し込む狭い部屋が、沈鬱な空気に包まれる。

「どうして今まで黙っていたの？」

「――ごめんなさい」

「最初から別れるつもりで僕とつき合っていたの？」

「――ごめんなさい」

心が冷たい水に浸されていく。

それでも僕は彼女を引き留めたかった。彼女が居なくなるのが怖くて、僕は懸命に言葉を紡いだ。

「芽衣おばさんを名古屋に呼んだら。きっと小樽より大きな病院がいっぱいあるし、おやじやおふくろも親身になって助けてくれる。僕も芽衣おばさんの面倒を一緒に看たい」

僕の言葉に彼女は小さくかぶりを振った。

「そんなの駄目だよ。無理だよ」

彼女はもう小樽に帰ることを決めていた。

そして、僕が最も訊くのが怖かった言葉を彼女に投げかけた。

「今までの僕らは何だったの？　僕は沙耶伽が好きだよ。こんなに好きだよ。沙耶伽は僕のことをどう思っているの？」

彼女はしばらく黙ったままだった。

ひと時の間が無限に長く感じた。答えを聞くのが怖かった。このまま何も言わないでいてくれることを願った。

でも彼女は小さな声でつぶやいた。

「律くん。ごめんね」

今日僕は、何回彼女から償いの言葉を聞いただろう。沙耶伽から「ごめんなさい」と詫びられる度、心の中で何かが壊れた。

編纂が終われば八事の町にも僕にも用はなくなる。僕が彼女を思う気持ちの強さも、執着も、それに伴う対価の感情を彼女は持ち合わせていない。

僕の優先順位は彼女が一番だ。でも沙耶伽は違う。彼女の関心はいつも横並びだ。僕のことも、八事の町の編纂も、芽衣おばさんの病気のことも、すべてが横並びだ。

これは沙耶伽が持って生まれた資質なのかもしれない。彼女の性格に執着は皆無だ。そんな沙耶伽に僕はずっと苛(いら)ついていたのかもしれない。

彼女は本当に雪のような存在だった。いずれは溶けて消えてしまう。こうなる別れを予感させる儚さを僕は感じていた。

彼女を思う気持ちが強いほど、抑えようのない憤りが僕を襲った。

高ぶった感情が言葉を超える。沙耶伽の身体を床に押し付けた。苛立ち乱暴な僕に、彼女は抵抗を示さなかった。ただ閉じた目から一筋の涙が頬を伝った。涙と震える華奢な身体が、僕の苛立ちを絶望へと誘う。沙耶伽に伝わらない思いが悲しかった。伝えられない気持ちが悔しかった。僕は荒々しくドアを閉めて部屋から飛び出した。

今でもその時のことを思い返すと胸が苦しくなる。沙耶伽は大人で、僕は子供だった。

翌日の夜、階下から沙耶伽とおふくろの声が聞こえた。

「そう、淋しくなっちゃうわね」

小樽に帰る挨拶に来ているのがわかった。おやじも加わり笑い声が交じった。

「律。沙耶伽ちゃんが来てるわよ」

階段の下からおふくろが僕を呼んだ。

「はぁい」

少し怒気の籠った大きな声で返事をして階段を降りた。

「おじゃましてます」

いつもと変わらない沙耶伽の屈託のない笑顔が、僕の気持ちをざらつかせた。

「いつ小樽に戻るんだっけ？」

「あさって」

「そう」

感情のこもらない会話だった。そんな僕らを両親は訝(いぶか)しげに見ていた。

おふくろは夕食を食べていくことを勧めたが、沙耶伽は荷造りがあるからと辞退して玄関を後にした。

その日の夜、沙耶伽から電話があった。

「律くんとちゃんと話がしたいの。明日時間もらえないかな」

戸惑いはあったが、バイトが終わった後アパートに寄ることを約束した。

ベッドに横になり、沙耶伽と過ごした日々を思い返してみる。

僕はずっと彼女は八事に居るものだと思い込んでいた。けど彼女は、端(はな)から小樽に戻ることを頭に置いて僕とつき合っていた。

考えれば考えるほど、いたたまれない。

翌日、約束はしたが僕はアパートには行かなかった。

彼女からも、それ以降電話が掛かってくることはなかった。

沙耶伽が名古屋を発つ日。心がざわつく自分が嫌で、僕は朝からバイトのシフトを入れた。店の窓の外になごり雪が舞い落ちていた。彼女が北海道から連れてきた雪の終焉に思えた。

バイトが終わりロッカーを開けると、四角い白い封筒が目に留まった。中には鍵と短い手紙が添えられていた。

《お借りしていたテレビ、冷蔵庫、電気スタンドは部屋の中に置いたままです。申し訳ありませんが引き取りに行ってください。福子おばさんの自転車はいつもの軒先にあります。電話は解約しました》

事務的な内容が書かれた、すでにこの町に居ない沙耶伽の置き手紙だった。

バイト帰りに彼女のアパートに寄った。ドアを開ける時、二度と戻らない沙耶伽の笑顔を思い出し喪失感に見舞われた。ガスも電気も水道も止められ、沙耶伽がいなくなった殺風景な部屋は僕の心そのものに思えた。

テレビの横におふくろが差し入れに使っていたタッパーが置いてあり、手紙が添えられていた。

《律くん。もし傷つけてしまったなら、ごめんなさい。

律くんがおいしいと言って食べてくれたシチューを作りました。

よかったら食べてください。
もうわたしのことは忘れてください》
タッパーの中には沙耶伽が初めて僕のために作ってくれたトマトシチューが入っていた。
僕は手紙を破り、シチューをシンクに捨てた。

夕食時におふくろが僕に訊ねた。

「沙耶伽ちゃんはどうだったの？」

「何が？」

おふくろの質問の意図はわかっていたが、取り合うつもりはなかった。

「何がって、見送りに行ってないの？」

「あぁ」

無愛想に返事を返すと、おやじも箸をとめて僕の顔を見た。

「どうして？」

「どうもしないよ。もういいじゃん」

「よくない。沙耶伽ちゃんには、俺にもかあさんにも特別な思いがある。ちゃんと話しなさい」

おやじに正面から見据えられると、無視することができなかった。

鬱々とした気持ちで僕は言葉を選んだ。

「彼女は父親の遺志を継いで八事の歴史を調べに来たんだ。それが終わったから小樽に帰った。それだけの話だ。俺はつき合っているつもりだったけど、彼女はそうじゃなかった。用が済めば八事にも、俺にも何の未練もない」

感情を抑えようとしたが、話し始めると憤りの堰が切れた。

「沙耶伽は俺やこの家を利用しただけだ。おやじもおふくろもまんまと利用された。俺のことも大して好きではなかった。ただ都合よく便利に使える幼馴染にしか思っていなかった」

吐き捨てるように罵り、ご飯を噛んだ。

「そうか。お父さんにはそうは見えなかったけどな。律は本当にそう思っているのか」

おやじは平たい口調で僕に訊ねた。

「ああ。どうせ小樽に帰ったら次に利用できそうな男を見つける。そういう女だ」

沙耶伽の整った顔が思い浮かんだ。彼女なら次の彼氏を見つけるなど造作もないことだろう。僕より似合いの、ずっと大人の男が現れる。

おふくろは時々涙を拭った。息子を憐れんでくれての涙だと思った。

重たい時間と空気が食卓を包んだ。

おふくろが、突然立ち上がり、仏間の抽斗から一通の封筒を取り出してきた。

「おい！　福子、よせ！」おやじは手を上げて止めようとしたが、おふくろはそれを振り払い僕の前に封筒を叩き置いた。

「このバカ息子！　バカ！」そう言って泣きながら僕の頭を激しくぶった。

尋常じゃないおふくろの怒り方に唖然とした。何が起きたのかわからなかった。僕は封筒の中の蛇腹に折りたたまれた、三枚綴りの便箋を広げた。

それは、おやじとおふくろに宛てられた芽衣おばさんからの手紙だった。


《前略　伸一郎さん、福ちゃん。ご無沙汰しております。

その節はいろいろお世話になり、ありがとうございました。

主人の葬儀にご用立て頂いたお金もお返しできていないまま、ご連絡もせず、大変な不義理をしてしまっております。誠に申し訳ありません。

ご存じの通りいま名古屋に沙耶伽がおります。沙耶伽から長瀬家の皆様に大変良くして頂いていることを伺っております。

伸一郎さん、福ちゃん、ほんとうにありがとう。

その沙耶伽の身体のことでお伝えしなくてはいけないことがあってお手紙致しました。沙耶伽は癌に侵され余命が限られております。》

僕は小さく息を呑んだ。「癌」「余命が限られている」その文字に目が釘づけになり、心臓が鷲掴(わしづか)みにされた。

《春に高校を卒業し、沙耶伽が小樽の図書館で働き始めた矢先のことでした。五月に職場で倒れ、救急車で病院に運ばれました。その時、お医者さまから癌の告知を受けました。元々貧血気味でしたが、今まで大きな病気などしたことがない子です。わたしには、とても信じられませんでした。発症は膵臓(すいぞう)だったのですが、リンパ節への転移が見られ現在の医学では手の施しようがないと言われました。それに加え、五年持つのが難しく、二年ほどの余命である覚悟をしてほしいとの宣告を受けました。戸惑う私に比べ沙耶伽は気丈でした。運命を受け止め、一切の延命処置をしないことを決めました。

そしてまだ癌が進行しないうちに、元気なうちに、律くんに会いたいと言い出したのです。沙耶伽は子供の頃から、ずっと律くんに好意を寄せていました。

少しの間だけでも律くんの傍に居ることを望み、八事のアパートの情報を取り寄せ始めたのです。

もちろん私は反対しました。

病身の娘が遠く離れて暮らすなど、許せるはずがありません。

何度も説得しました。でも、彼女は頑として譲りません。私は娘の意思の強さに折れざるをえませんでした。

律くんを慕う沙耶伽の気持ちが、ここまで真摯なものとは思いもよりませんでした。

ずっと苦労を掛けてきた娘です。泣きながら許しを請う沙耶伽に、それ以上、反対することができませんでした。

わずかばかりのお金を工面して、夏の初めに名古屋に送り出しました。

その時の判断が正しかったのか、私には未だにわかりません。

沙耶伽には三ヶ月経ったら必ず帰ってくることを約束させました。

でも帰ってきません。

『身体はだいじょうぶ。律くんが振り向いてくれた。おつき合いが始まっている。だからもう少しだけ律くんの傍に居たい』と、電話を寄こしました。

余命いくばくもない娘の願いです。心配でしたが、もう少しだけ許すことにしました。

「雪が降ったら帰る」そう言う沙耶伽に、あと二ヶ月の滞在を許しました。

体調が悪くなったらすぐに連絡を寄こすことを約束させ、これ以上の我儘を許さないと何度も強く言い聞かせました。

でも、十二月になっても沙耶伽は戻ってきません。

毎朝毎晩、沙耶伽の身体を案じて祈っております。

離れて暮らす私には祈ることしかできません。

伸一郎さん、福ちゃん。私は沙耶伽が心配です。

お願いです。ここに書いたことを含み置き、あの子のことを気にかけて頂けませんでしょうか？

沙耶伽の身体に何かありましたらすぐにご連絡ください。

　〇一三四ー三三ー×××

もし昼間でしたら、〇一三四ー三三ー××〇〇に電話してください。

私が働いている「青葉」というスーパーの番号です。

いつもご迷惑なお願いばかりで申し訳ございません。

小樽名産の松前漬けです。ほんのお口汚しですが、皆さまでお召し上がりください。》

消印は十二月十二日になっていた。

気持ちが付いていけなかった。病魔に侵されていたのは、芽衣おばさんではなく沙耶伽だった。


「沙耶伽ちゃん、懐かしいでしょ?」

「うわぁ。松前漬け!」

食卓に出された松前漬けは、芽衣おばさんからの贈り物だったのだ。

おふくろが毎日店に顔を出し始めたのもこの頃からだ。

おやじも、沙耶伽の病気のことを知っていた。僕だけが知らされていなかった。憤りの気持ちが湧き上がり、咎める尖った言葉が口を衝く。

「どうして黙っていたの。僕は彼女とつき合っていた。知る権利はあったはずだ」

おやじに問い詰めた。

「知ったらどうするつもりだった」

僕は返事に窮した。

「あの子は黙っていた。病気を隠していた。お前に心配されてつき合うのが嫌だったからだ。お前と過ごす楽しい思い出だけを作りたくて八事にやって来たんだ。彼女が望んだことだ。それなのに俺やかあさんから、どうしてお前に言うことができる」

　僕らのやりとりを、ただ涙を流して聞いていたおふくろが言葉を重ねた。

「沙耶伽ちゃんに頼まれたの。『律には言わないで』って。『それだけは絶対やめて』って」

　呆然としている僕に、おやじが諭すように話を続ける。

「律。手紙を読んで何を感じた。余命が少ないあの子がどんな思いでお前に会いに来たか想像できたか。あの子がどんな気持ちで名古屋を去ったか想像できたか。彼女は、これからの律の人生を大切にしてほしいと願った。だから自分が傷ついてでも、お前を傷つけることはしたくなかった」

　おやじの言葉が胸に刺さった。沙耶伽の人に寄り添う優しさのベクトルは、子供の頃から一ミリもずれていない。

「そんな彼女に、お前は酷い言い方をする。かあさんはそれが我慢できなかった。俺も我慢できない」

　沙耶伽を罵った言葉に気持ちが支えきれない。彼女が流した涙を、震えるか細い身体を思い出し、僕は心が崩れ落ちそうだった。

　なぜ最後に会うことを拒絶してしまったのか。

　彼女が会いたいと願ったのに。

息がうまく吸い込めず、細く小さく息を呑みこむ。溺れている錯覚がした。

長い沈黙に包まれ、壁にかかった無機質な時計の音だけがこの場を埋めた。

「とうさんはお前が小樽に行くべきかどうかわからない。よく考えて自分で判断をしなさい」

おやじは僕の前にお金を置いた。


その夜、僕は沙耶伽のアパートで過ごした。破った手紙を繋ぎ合わし、書かれていた文字を目で追った。

《わたしのことは、もう忘れてください》

病魔に侵された沙耶伽は、どんな思いでこれを綴ったのだろう。

流しに捨てたシチューを指で掬(すく)って食べた。

初めて沙耶伽が僕のために作ってくれた料理。思い出の料理。

最後にこれを作った彼女の気持ちに心を馳せると、涙が出そうになった。

ガスも電気も水道も止まった沙耶伽の部屋で僕は一晩を過ごした。

春はすぐそこまで来ていた。でも、すきま風が入るこの部屋は凍えるように寒かった。

身体を丸めて寒さに耐えながら、沙耶伽と過ごした楽しかった日々を思い出した。

この小さな六畳の空間に僕と沙耶伽の世界があった。

こぼれ落ちそうになる涙を必死にこらえた。泣くのは違うと思った。夜が明けたら小樽に行く。沙耶伽に謝りに行く。沙耶伽が許してくれるまで僕は泣かない。

少しでも早く会いたくて、僕は小牧から空路で北海道に向かった。千歳空港から移動して、小樽駅に着いたのは夕刻だった。

昨年末から北陸・東北に降った大雪は多数の死者を出し、後に五六豪雪（ごうろくごうせつ）と名付けられた。オホーツク海に面した小樽も例外ではなく、駅前の除雪された雪は腰の高さにまで及んでいた。梅の蕾が膨らみ始めた名古屋と違い、啓蟄（けいちつ）を過ぎても広大な北の大地は、春の気配を寄せ付けてはいなかった。

以前沙耶伽から貰った年賀状の住所を頼りに、路面バスを乗り継いだ。小樽の町は坂の勾配が激しく、北海道の他の都市で見られるような路面電車の架設はされていない。交通手段はバスに限られていた。エンジンをかけるとブルンと車体を大きく震わせ、チェーンを巻いたタイヤが雪を噛み、白銀の小樽の街並みをゆっくりと車窓に押し流してゆく。

芽衣おばさんの住まいは淡いオレンジ色のモルタル造りのアパートだった。おじさんが亡くなった後、沙耶伽はここに引き取られ青春期を過ごした。

呼び鈴を鳴らすと、「はーい」と答える芽衣おばさんの声が聞こえた。

「いらっしゃい。よく来てくれたわね。福ちゃんから連絡があったのよ」

「ご無沙汰してます」

「挨拶はいいから、上がって、上がって。寒いから」

沙耶伽の小樽の住まいに招き入れられた。

「律くん、大きくなったわねぇ。見違えちゃった」

挨拶もそこそこにおばさんに訊ねた。

「沙耶伽さんはいらっしゃいませんか」

「今は、いないの」

おばさんはそう答えて炬燵にあたることを勧めてくれた。

「律くんには名古屋でいろいろお世話になったみたいね。ありがとう」

お茶を淹れながらお礼を言われた。

酷い別れ方をした僕は、おばさんの言葉に胸が痛んだ。

「沙耶伽さんは、いつ戻りますか」

芽衣おばさんは、答えにくそうに声を落とした。

「沙耶伽、入院してるの」

口の中が急激に乾いた。

「小樽に着いたときはもう顔が真っ白だったの。すぐに病院に連れて行ったらそのまま入院になった」

唾がうまく呑み込めず、言葉が詰まる。

「――容態は」

「白血球の数がかなり少なくなっていたみたい。集中治療室から今日の朝、出てきたばかり。今は合併症が怖いから無菌の特別室に入れられている」

「どこの病院ですか」

すぐに飛んで行きたかった。

「律くん、聞いて。いま沙耶伽に律くんを会わせるわけにはいかないの」

なぜ。僕が言葉を発する前におばさんは言葉を被せた。

「おばさん心配なの。身体はもちろんだけど、沙耶伽の心が心配なの。帰ってきてからずっと様子がおかしいの。何を話しかけても上の空で反応が鈍いのよ」

僕が最後に彼女を見たのは、うちに挨拶に来た時だ。それから一週間も経っていない。

そんな姿が想像できなかった。

「いつも下腹に手を当てて撫でているの。『律くんの子供を宿している』って」

僕はおばさんの顔を見返した。

「もちろん、そんなことはないわ。お医者様にも診ていただいたから。でも沙耶伽には、お腹の中に律くんの子供がいるの」

おばさんは僕の目を見据えて言った。

「律くん、せっかく来てもらって悪いんだけど、このまま名古屋に帰ってもらえないかな。おばさん、律くんに会って沙耶伽が壊れちゃうのが怖いの。お願いだから」

言葉が返せなかった。頭を下げる芽衣おばさんに、どう答えてよいかわからなかった。

沙耶伽がそうなってしまったのは、僕のせいだ。

軋むむ心に、時間が無為に通り過ぎてゆく。

言葉を失ったままの僕に、芽衣おばさんはお茶を淹れ直して話題を変えた。

「律くん。沙耶伽、美人になっていたでしょ？　高校の時は吹奏楽をやっていてね、もうモテてモテて大変だったんだから。札幌のモデル事務所からも声がかかったのよ。ほんと、おばさん鼻が高かったわ」

おばさんは笑いながら話を続けた。

「言い寄る男の子も星の数よ。でも、どんな思いで告白されても誰の相手もしないの。律くん一筋。『律くんと一緒になる』ってずっと言ってた。『やめなさい。律くんにはきっと素敵なガールフレンドがいるから、押しかけ女房は迷惑だ』って。そう言ってからかうと、『律くんとわたしはどこにいても繋がっている』って、真顔でふくれてた」

おばさんが目を細めて笑う。笑い方が沙耶伽にそっくりだった。

確かに彼女は不思議なことを確信に満ちた口ぶりで語ることがあった。

「小樽には優しい雪が降る」そんな言葉が頭をよぎった。

沙耶伽の言葉はたまにふわっと宙に浮く。

小樽の夜は静かだった。かすか遠くに踏切の警報音が聞こえた。

「夕食を食べていってね。お鍋を用意したの。準備するまでこれでも読んでて」

おばさんが渡してくれたのは、赤い表装の日記帳だった。アパートで見かけた沙耶伽の日記帳だ。

「沙耶伽には内緒よ」

笑いながら小さな鍵を僕に手渡した。

躊躇(ためら)っていると、「律くんに沙耶伽の思いを教えてあげたいの」そう言い残しておばさんは台所に立った。

僕は小さな鍵穴に鍵を差し込んだ。

日記帳を開くと沙耶伽の几帳面な字が並んでいた。僕は丁寧にページを捲る。日記には小樽で過ごしていた彼女の生活が散りばめられていた。

友達のこと、近くにできた大型ショッピングモールのこと、バイト先での人間関係のこと、就活のこと。とりとめのない日常の出来事が書き綴られていた。

その中にときおり僕の名前が出てくる。友達と一緒に映画を観た日に「律くんも観たかな?」と記されていた。僕の誕生日に「律くん。十八歳のお誕生日おめでとう」と書かれてあった。

半分を読み終えたぐらいから、僕の手が止まり始める。

《五月十四日》
仕事中に意識がなくなり救急車で病院に運ばれた。ただの貧血だと思っていたけど、血液検査や、レントゲンを撮られた。
札幌の病院で断層撮影をするように奨められ紹介状を書いて頂く。入社したばかりで申し訳ないけど暫くお休みを頂いた。
《五月二十日》
先生から癌の疑いがあることを告げられた。針を背中から刺され身体から細胞の一部を採取する手術を受けた。十分ほどの簡単な手術だ。これで悪性か、良性かがわかるらしい。

《五月二十一日》

今日からお仕事に復帰した。迷惑を掛けたお詫びに職場を回ったら、皆が心配して言葉をかけてくださった。不安な思いをできるだけ頭から遠ざけた。

《五月二十三日》

先生から癌の告知を受けた。

五年後のわたしの生存率は２％しかないらしい。信じられない。

死ぬのが怖い。

寝るのが怖くて身体が震えた。お母さんが隣に布団を敷いて一緒に寝てくれた。

《五月二十五日》

私は笑顔でないといけない。お母さんに心配をかけてはいけない。気丈に振る舞わなければ。

でも今まで見慣れた風景がまったく別のものに見えてしまう。色を失った世界。

この世界をわたしは知っている。お父さんが亡くなり小樽に来てから、死者を身近に感じる世界にわたしは棲んでいた。

律くん。助けて。

《六月三日》

高橋くんに会った。

わたしの心を見透かしている高橋くんの前で、正直な思いがこぼれてしまう。

会いたい。死んでしまう前に律くんに会いたい。

お母さんに延命治療は受けないことを伝えた。

身体がまだ元気なうちに、律くんに会わなくてはいけない。

《六月十五日》

何度お願いしても、お母さんは名古屋に行くことを許してくれない。

律くんに会いたい気持ちが日に日に募ってゆく。

《六月二十三日》

お母さんが三ヶ月の期限付きで名古屋に行くことを許してくれた。

お母さん、わがままを言ってごめんなさい。三ヶ月の間だけ律くんの傍にいさせてください。

その間にお父さんが考えていた興正寺の検証が正しかったことも確かめたい。


そこまで読み終えると、炬燵の上に鍋が運ばれた。蓋を取ると湯気が立ち上り、中にはいろんな魚貝の具材が煮込まれていた。

「律くん飲めるでしょ？」

おばさんは徳利とお猪口をお盆にのせて運んできた。

僕は日記に集中してしまい箸を取ることを忘れた。そんな僕を見ながら、おばさんは手酌でお酒を酌み始めた。

七月一日の日付からは、名古屋に旅立つ沙耶伽の葛藤が書かれていた。

《七月一日》

電車に乗るのが怖かった。

律くんが変わってしまっていたらどうしよう。口を利いてくれなかったらどうしよう。

名古屋に行くのが怖くなって足がすくんだ。

律くんと繋がっていると思うのは勝手なわたしの思い込みだ。

律くんはきっと迷惑する。青森に着いたら引き返そう。

《七月二日》

東京から深夜バスに乗って名古屋に向かっている。とうとうここまで来てしまった。

着くのは早朝だ。律くんに疎まれたらどうしよう。無視されたらどうしよう。不安が拭えなくて眠れない。

《七月三日》

アパートに着くと、小樽からもう布団が届いていた。布団の梱包を開くとお母さんからの手紙とお金が入っていた。お母さん心配かけてごめんなさい。

八事の街並みは子供の頃とは、まったく変わってしまっていた。知らない町に来たみたいだ。

昔の面影を探しに律くんと通った小学校に行った。

道を隔てた体育館を結ぶ陸橋を、子供たちがふざけ合いながら渡ってゆく。

あの頃の律くんとわたしがいた。

《七月四日》

律くんを見つけた。

遠くにだったけど、間違いなく律くんだ。心臓がドキドキした。

あたり前だけど、律くんは大人になっていた。

《七月五日》

律くんは大きな喫茶店でアルバイトをしていた。『ブルバール』という名前のお店だ。入り口にバイト募集の張り紙が貼ってある。震える手で電話したら、店長さんから「明日面接に来てください」と言われた。

《七月六日》

日曜日のせいかお店の中はお客さんでいっぱいだった。

沖田さんという方が面接をしてくださり、さっそく明日から働かせてもらえることになった。

明日は七夕だ。律くんと八年ぶりに会える。

神様お願いします。上手に話せますように。不安で胸が押しつぶされそうだ。

《七月七日》

律くん、驚いていた。

わたしの教育係を律くんがしてくれることになった。はにかむしぐさも、緊張すると指先をこする癖も昔のままだ。律くんの教え方は優しくて親切だった。

夢の中にいるようだ。明日も律くんに会える。

《七月十五日》

更衣室で女の子たちの会話が聞こえてしまった。律くんにはいま彼女がいないらしい。

伊藤さんという可愛らしい高校生が、律くんに好意を寄せているのがわかった。

《七月二十四日》

律くんへの思いが膨らんでしまう。

ただ律くんの傍にいられたら嬉しいと思っていたのに。

《七月二十六日》

お母さんから心配する手紙が届いた。もっと連絡をするようにと促された。こちらに来てから一ヶ月が経つ。わたしがこの町にいる猶予はあと二ヶ月しかない。

もっと律くんと話がしたい。

《八月二日》

花火のあがる音が聞こえる。律くんはお店を休んでいる。誰かと花火に行っているのだろうか。

《八月五日》

八事の町を散策するとお父さんのことを思い出す。炎天下の散策はやはり身体がきつい。散策は早朝お店に行く前にすませよう。

わたしは早番で律くんは遅番。すれ違いが多い。律くんに好意を寄せている女の子は遅番だ。

《八月二十日》

疲れが出てきたのか身体がだるく微熱が続く。

《九月一日》

暦が変わった。あとひと月しか名古屋にいられない。

律くんへの思いも、この町の探索も何もかもが中途半端だ。

《九月五日》
律くんに大学の案内を頼んだ。織田家の武将の居城があったと嘘をついた。
勇気を出して初めて「律くん」と呼んでみた。今まで店の中ではずっと「チーフ」と呼んでいた。
律くんは戸惑いながらも快諾してくれた。それまで「杉浦さん」と呼んでいたわたしを「沙耶伽」と呼び捨てにしてくれた。うれしい！　大前進。

芽衣おばさんが横から覗き込んだ。
「ね。沙耶伽の律くんへの思いは相当でしょ。律くんに振り向いてもらおうと奥手のあの子が頑張っていたみたい。律くんも、もっと早く沙耶伽の気持ちに気づいてくれたらよかったのにね」
おばさんは笑いながら僕のお猪口にお酒を注いだ。

《九月十五日》
祐天寺の探索以来、律くんとの距離がぐんと近くなった。
律くんからも話しかけてくれるようになった。
わたしも目を伏せずに顔を見られるようになった。やっとやっとやっと、子供の頃、わたしがお気に入りだった律くんの長いまつ毛を見ることができた。

《九月二十日》

お母さんから引っ越しの手続きを催促する手紙が届いた。電話を寄こすように千円札が入っていた。

《九月二十一日》

驚いた。突然お店に来た福子おばさんに、泣きながら抱きしめられた。

「ずっと心配していたのよ」そう言ってくれた。

福子おばさんはわたしが子供の頃と少しも変わっていない。今でもわたしのことを大切に思ってくれている。おばさんの優しさに思わず涙がこぼれた。

《九月二十三日》

福子おばさんから食事に招かれた。

おじさんがわたしたちの子供の頃の写真を見せてくれた。どの写真を見ても懐かしく、幼かった頃の楽しかった想い出が頭に浮かんだ。

休みが取れない両親に代わって、長瀬家に万博に連れて行ってもらった時の写真があった。太陽の塔の前で腰に手を当てVサインをする律くん。隣ではにかむわたしが一緒に写っている。おじさんにお願いしてこの写真を頂いた。

《九月三十日》
お母さんから電報が届いた。帰って来るようにとの催促だった。
律くんと離れたくない。小樽に電話した。
《十月四日》
長瀬家で夕食をご馳走になった帰り道、律くんがキスをしてくれた。
わたしのファーストキス。
うれしい。律くんが望んだら、すべてを委ねてもかまわない。
律くんが好きだ。
《十月十六日》
律くんを部屋に招き入れた。
何度も「だいじょうぶ?」「痛くない?」って、初めてのわたしを気遣ってくれた。
朝起きたとき、恥ずかしくて律くんの顔が見られなかった。
《十月三十日》
二人で過ごす時間が増えた。どんどん律くんに溺れていく自分がわかる。
でも、このままじゃあいけない。わたしにはいずれ小樽に帰る日が来る。
その時、律くんに何て伝えればいいんだろう。

《十一月七日》

また熱が出始めた。お店にお休みを頂いた。

《十一月八日》

熱が下がらない。背中が痛い。このまま死んでしまうのだろうか。怖い。

「律くんに、会いたい」そう願ったら、スーパーの袋を抱えて律くんがアパートに来てくれた。

リゾットを作っておさじで食べさせてくれた。ふーふーをする律くんの横顔を見て、幸せ過ぎる自分に涙がこぼれそうになった。

《十一月二十六日》

今日もお母さんから引っ越しを急かす手紙が届いた。

これ以上の我儘は許さない。名古屋に行って連れ戻すと書かれていた。

嫌だ。絶対に嫌だ。律くんと離れたくない。

《十二月四日》

律くんがわたしを愛してくれているのがわかる。

こんなに愛されていいのだろうか。わたしの寿命は律くんに比べてずっと短い。

わたしが死んだ後にも律くんには、長い人生が残されている。

律くんを苦しめてしまう。

でも律くんに会わずに死んでゆくことなど、わたしにはできなかった。

《十二月九日》

名古屋に雪が降った。雪は亡くなった人が、地上に残してきた人に伝えたい思いを込めた魂の結晶だ。

この雪は、お父さんの魂が遠い空から舞い降りてきているのだ。

律くんとわたしに、お父さんの魂のかけらが降り注ぐ。

律くんを許してください。

お父さんに何度もお願いした。

お願いをするわたしを律くんが抱きしめた。

わたしは律くんの身体に手を回さない。回したくても回さない。

お父さんにこの姿を見られたくない。

《十二月十六日》

長瀬家にお呼ばれされた食卓に松前漬けが並んでいた。

片付けを手伝いながら、洗い物をする福子おばさんの背中に訊ねた。

「あの松前漬け、母からですか?」

少し間が空いて答えが返ってきた。

「うん。そう」

それ以上の言葉をおばさんは継ぎ足してくれない。

病気のことを聞いたかどうかを訊ねようとして、言葉を呑みこんだ。

おばさんが背中を向けたままなのは、泣いているからだとわかったからだ。

「沙耶伽ちゃん、この家のお嫁さんになってくれる?」

涙声でそう言ってくれた。わたしも涙が溢れて何も答えられなかった。

《十二月二十四日》

クリスマスイブを長瀬家で過ごす。ウノで負けて怒り出すおじさんに皆で笑った。

お母さんは何をしているのだろう。お母さんは小樽で一人ぼっちだ。

わたしの我儘で淋しい思いをさせてしまっている。ごめんなさい。

ここ最近、身体の調子はとてもいい。

《十二月二十七日》

年の瀬を一人で過ごすお母さんに、今の思いを年賀状に綴った。

伝えたい思いが多くて、小さくなった文字に涙がこぼれて滲んでしまった。

《十二月三十一日》

昼過ぎにおじさんと福子おばさんが、おせち料理を持ってアパートを訪ねて来てくれた。

「律と年を越してくれる?」福子おばさんの気遣いが嬉しい。

おじさんが「よければ、二日の夜はウチにおいで」と言ってくださった。

おじさんありがとう。

辛いこともいっぱいあったけど、嬉しいこともいっぱいあった。

律くんと再会した年が終わる。新しい年を二人で迎える。


日記はここで終わっている。芽衣おばさんの言う通り、僕への思いがひしひしと伝わってくる。沙耶伽が僕を思う気持ちに涙が溢れ出そうになる。大きく息を吸い込んで泣くのを堪(こら)えた。

読み終えた僕に、おばさんが徳利を取ってお酒を勧めてくれた。

「律くん。あのね」

少し頬が桃色に染まった芽衣おばさんが語り始めた。

「覚えているでしょ? おじさんが暴力を振るっていたの」

もちろん、忘れることはない。青あざをつけた芽衣おばさんの顔を思い出す。

「どうしても我慢ができなくて、沙耶伽が六年生の時に逃げ出した。もちろん沙耶伽を連れて逃げるつもりだったのよ。でもあの子ったら、『お父さんが可哀そう』って言って、わたしを引き留めるの。そんな沙耶伽を振り切ってわたしは一人で逃げた」

芽衣おばさんは記憶を辿るように言葉を見つけて語る。

「でも沙耶伽が心配で、逃げ出して数ヶ月したあと沙耶伽に会いに行ったの。学校帰りに待ち伏せして、『一緒に来て』って、何度もお願いしたの。でも受けつけられなかった。『わたしはだいじょうぶ。だからお母さんは逃げて』って。まだ小学生の沙耶伽がわたしに『逃げて』って言うのよ。わたしのことはいいから、お母さん逃げてって」

安易に相槌を打つことができなくて、芽衣おばさんのお猪口にお酒を足した。

「連絡先は教えてあったから、時々沙耶伽から電話が入っていたの。わたしの行き先があの人にわからないよう、律くんの家から電話を架けてた。母親のわたしに心配をかけまいと、電話口では気丈に振る舞っていたわ。福ちゃんも沙耶伽のことをいろいろ教えてくれていたの。あの人の生活保護を申請してくれたのも、伸一郎さんなの。あの時から律くんのお父さんとお母さんには、迷惑をかけてばかりだった」

子供の僕には知らされなかった話だ。

「わたし、沙耶伽に酷いことをした。娘を捨てて逃げた。最低の母親だよね」

言葉を詰まらせて涙ぐむ芽衣おばさんに、僕の言葉が溢れ出た。

「それは、おじさんのせいで、芽衣おばさんは何も悪くない」

あの時、僕は子供心におじさんに憤りを覚えていた。

「悪かったのはおじさんだ」

僕は自分に言い聞かせるように声を絞り出した。

「お酒が入るとどうにもならない人だった。あなたのお母さんにも、手を上げたことがあったわ。正直、死んでくれたときは、ほっとした。でもあんな人だったけど、沙耶伽にはたった一人の父親なの。あの子があの人のことを悪く言うのを聞いたことがないわ」

（人の痛みは、本人じゃないとわからない）

沙耶伽の言葉が頭をよぎった。

それから芽衣おばさんは、沙耶伽と二人で紡いだ小樽の生活を、宝箱にしまってあった大切な宝石を取り出すように、丁寧に語り始めた。

僕の心の中で、中学生の彼女が、高校に通う彼女が、愛おしく膨らんでゆく。

静かな雪の夜。ふたたび遠くの踏切の警報音が耳に届く。窓の外には僕らを包む、優しく儚い結晶がしんしんと遠い空から舞い降りていた。

沙耶伽の中学の卒業アルバムを見て、息が止まる。

高橋哲哉。

急逝した親友が写っていた。日記帳に高橋くんに会ったとも書いてあった。そんなことがあるはずが無い。日記を捲って日付を確認する。

日付は六月三日。高橋はその五ヶ月前に亡くなっている。

「高橋って……」

言い淀む僕の言葉を、芽衣おばさんが受け取った。

「ああ、高橋くんね。この子も沙耶伽に告白してふられた子。とてもいい子で、おばさん、好きだったな。高校入学と同時にどこかに引っ越したみたい」

疑問が渦まき、心が震える。僕の知らない所で、不明慮な何かが蠢いていた。


そんな思考をおばさんの声が遮る。

「律くん。日記帳はもう一冊あるの。今年になってからの日記帳。読む？」

小さな棘が心に刺さる。そこにはきっと病気が悪化する中、懸命に僕に向き合う沙耶伽の姿が書かれている。

「律くんが読むのは、少し辛いかもしれないけど」

芽衣おばさんの瞳に微かな憐れみが宿った。

沙耶伽は病魔と闘いながら僕とつき合っていた。そんな沙耶伽にした自分の仕打ちと向き合うのが怖かった。でも向き合わなければいけない。

「読ませてください」小さな声で答えた。

手にした日記帳には、沙耶伽の好んだラベンダー色のペンで書かれた小さな文字が並んでいた。

《一月一日》

新しい日記帳さん初めまして。わたしはあなたを最後まで書き終えることができないかもしれない。

でもわたしが生きた証しを、律くんを愛した思い出を、あなたに残したい。

《一月二日》

長瀬家にお招きされた。すき焼きを囲む食卓に、いももちが並んだ。きっとお母さんが送ってくれた手作りのいももちだ。お母さんの懐かしい味がした。

笑いに包まれた優しい長瀬家。そしてお母さん。

世界には私を思ってくれる愛がこんなにも溢れている。

わたしは幸せだ。ほんとうに幸せだ。隣に律くんも居てくれる。

《一月四日》
いつもより背中が痛む。熱も出てきた。我慢できず、痛み止めの薬を四回服用した。
《一月五日》
近くの神社に一人で初詣に行った。三が日が過ぎて参拝客はまばらだ。
「どうか癌が嘘でありますように」
《一月十一日》
背中にせり上がるような痛みを感じる。いつもの痛みと違う。日曜日で病院に行けない。
油汗が滲み出て身体が震える。朝になったら病院に行こう。
《一月十二日》
大学病院で診察を受けた。すぐに入院治療を勧められたが断った。
入院などしたら、今の律くんとの関係が終わってしまう。絶対に嫌だ。
痛みをブロックする注射と点滴を打ってくださった。痛んでいた背中が楽になった。
《一月十四日》
律くんが中華料理屋さんに連れて来てくれた。
不思議と律くんと一緒だと痛みもないし、食欲もでる。神さまの配剤かもしれない。
神さまありがとうございます。律くんには病気で苦しむ姿を見せたくありません。

どうか律くんとの楽しい時間が少しでも長く続きますように。

《一月十八日》

小康状態が続いている。先週のあの痛みは何だったんだろう。

律くんがとなりで寝息をたてている。

《一月十九日》

律くんに連れられて、高橋くんのお墓参りに行った。

「高校の時のツレ」お花を供えながら律くんが言った。

「どんな人だった?」と、わたしは尋ねてみる。

「俺を支えてくれた奴。生きていたら、今ごろは司法試験を目指してた」

律くんは多くを語らなかった。しゃがんで合掌する後ろで、私も手を合わせた。

「苦しかった律くんを支えてくれてありがとう。感謝しきれない。本当にありがとう」

高橋くんの悪戯っぽく笑う顔が浮かぶ。

寒空の下、律くんはいつまでも墓石を見つめていた。やがて振り返って優しく微笑んだ。

「沙耶伽のこと気に入ってくれたみたい」そう言って、わたしのかじかんだ手を握った。

わたしのお墓に手を合わせる律くんの姿が浮かんだ。律くんの人生はまだ長く続く。わたしを引き摺(ず)る人生であってはいけない。

律くんにいっぱい嫌われて別れることを決めた。

《一月二十三日》

福子おばさんからお借りしている自転車のサドルがすとんと下がってしまう。

「おふくろの体重を支えていたせいだ」そう言いながら律くんが直してくれた。

『自転車復活記念日』。わたしを抱こうとする律くんを拒んだ。

もうこれ以上抱かれるのは身体が辛い。

《一月二十五日》

先生から親元に帰ることを勧められる。

《一月二十九日》

先生がお母さんに連絡を入れたみたいだ。すぐに連絡を寄こすよう電報が届いた。

今日、わたしは二十一歳になった。

来年のわたしはどうなっているのだろう。生きているのかしら。

アパートに帰ったら律くんが誕生日を祝ってくれた。

プレゼントしてくれた電話でお母さんにダイヤルした。

ずっと泣いているお母さんの声を聞くのが辛かった。

《一月三十日》

朝からお母さんから電話があった。

「だいじょうぶ」と言うわたしに、「だいじょうぶなはずないじゃない」と、今日も電話口で泣かれた。

お母さん、心配かけてごめんなさい。ほんとうにごめんなさい。

《二月一日》

今日は身体の調子がいい。痛みもない。

律くんへの誕生日プレゼントを選ぶのは小学生以来だ。あれこれと迷って選ぶのが楽しい。

《二月三日》

律くんお誕生日おめでとう。

初めて作った丸太型のチョコレートケーキを美味しそうに食べてくれた。

プレゼントは腕時計にした。

時刻を見るとき、ほんの少しでもいい、わたしのことを思い出してくれることを願った。

《二月十二日》

律くんとの別れ方に思いを巡らしている。

嫌われて別れる。でも本当にそんなことがわたしにできるのだろうか。

自信がない。

《二月二十二日》
雪が降った。わたしがいなくなった後の律くんが幸せであることを祈った。
どうか律くんの気持ちが少しでも軽くなりますように。
窓に映る雪に何度も何度もお願いした。

《二月二十三日》
痛みが日増しに激しくなってゆく。律くんに暫く来ないではしいと電話した。
苦しむ姿を見られたくない。
この前みたいにきっとまた、痛みは治まる。

《二月二十四日》

病院で転移を調べるため、とにかく一度入院をするよう勧められた。

骨に転移していたら、ブロック注射では痛みが抑えられないと説明を受けた。

夜十時。約束の時間に律くんから電話が入る。

「頑張ってる?」「うん。頑張ってる」

八事の歴史を編纂していると思っている律くんが、励ましてくれる。

「山手通りに美味しいピザ屋さんを見つけた。終わったら食べに行こう」

「うわぁ、楽しみ」

「頑張って」「うん、頑張る」
「長話したら迷惑だろ。切るね」「うん」
もっと律くんの声が聞きたかったのに。
《二月二十五日》
背中に痺れるような痛みはあるが、昨日に比べたらずっと楽だ。
カーテンを閉め切った部屋で律くんとの別れ方を一日中考えている。
夜十時の定期電話。律くんの声がわたしの決意を曇らせる。
まだ律くんと一緒にいたい。
《二月二十六日》
お母さんに電話して、小樽に帰ることを伝えた。
この町に来た時から、この日が来ることはわかっていた。
でも、律くんと別れるのが、悲しくて、悔しくて、辛い。
病魔に侵されたこの身が恨めしい。
「沙耶伽、よく頑張ったね」
お母さんの慰めの言葉に涙が溢れた。
律くんとの楽しかった思い出が詰まったこの部屋が、涙で滲み崩れてゆく。

《二月二十七日》

昨夜からまた鈍い痛みを伴い熱が出たけど、朝には治まっていた。

今日律くんに小樽へ帰ることを言おう。

もう四日もお風呂に入っていない。綺麗になって律くんに会いたい。

湯舟に浸かるだけで身体が重い。

銭湯からの帰り道、別れを切り出す言葉を考えた。

律くんに電話した。久しぶりに律くんに会う。

小樽に帰ることを告げた。

突然の別れに律くんは戸惑っていた。

わたしは辛くてたまらない。わたしが恨まれることがこれからの律くんに良いことだと、自分に言い聞かせる。でも辛い。

律くんのことをどう思っているか訊かれた。

そんなの決まっているじゃない。好きだよ。わたしはこんなにも律くんのことが好きだ。

一人取り残された部屋で心が壊れてしまいそうだ。

別れたくない。

でも、これ以上律くんの人生にわたしは関わってはいけない。

《二月二十八日》

午前中。病院で痛み止めの注射と点滴を打ってもらった。

小樽に帰ることを先生にお話しする。

先生は、今までしてくださった処方を紹介状にまとめてくださった。

「小樽に戻ったら、すぐに病院に行ってください」念を押された。

痛みが治まるのを待って、長瀬家に挨拶に行った。

これが律くんと会う最後になるかもしれない。少しでも綺麗なわたしを残したくて、いつもより丁寧にお化粧をした。

階段から降りてくる律くん。最後になる律くんの姿。

瞼に焼き付けようとしたけど、涙がこぼれ落ちそうで見ることができない。

嫌だ。やっぱりこのまま律くんと別れるのは嫌だ。

電話をしてしまった。

明日、律くんが会いに来てくれる。

会って何を話せばいいのだろう。

癌に侵されていることを話してしまおうか。わたしの人生が残り少ないことを告げてしまおうか。

でもそうすれば、きっと律くんは苦しむ。

律くんは来てくれなかった。嫌われたまま別れるのが辛い。

でもこれでよかったのかもしれない。

これからの律くんの人生が幸せでありますように。

律くんの心の災いが取り除かれますように。


日記はここで終わっていた。この日から今日まで日記帳は白く残されたままだ。

律くん、律くん、律くん。

呼びかけられるように何度も僕の名前が連なっていた。彼女の思いがラベンダー色の文字から滲み出てくる。

沙耶伽はこんなにも僕のことを思ってくれていた。

「芽衣おばさん、ごめんなさい」

湧きあがる悔恨の感情を晒す。

「僕は別れる時、沙耶伽に酷いことをしたんです」

病魔と闘い疲れ果てた沙耶伽の身体を、僕は未熟な感情で床に押し付けた。一途に想ってくれていた僕への愛を疑い、憎しみに駆られ手折ってしまった。最後に沙耶伽は、僕に会うことを望んだのに拒絶した。彼女が壊れてしまったのは僕のせいだ。涙がこぼれ落ちそうになるのを必死に堪えた。

「あのね。律くんと別れる前日の夜。わたしに電話があったの。『もう、無理』って、泣きながら……。律くん、あの子本当に頑張ったのよ。痛みに耐えながら少しでも律くんの傍に居たくて、たった一人で頑張っていたの。狭い部屋で不安と戦いながら、一日でも、一時間でも、一分でも傍に居たくて頑張ったの。そんなあの子が『もう、無理』って。わたしは『よく、頑張ったね』って、それだけしか言えなかった。沙耶伽、泣きやまないの。電話口でずっと泣いているの」

芽衣おばさんの声が掠れた。

小樽に来る前に沙耶伽の部屋で一夜を過ごしたことを思い出していた。すきま風が入るあの部屋で彼女は闘っていた。僕との時間を一秒でも長引かせようと身体を削るような痛みと闘っていた。

僕はずっと、ずっと、ずっと、我慢していた。

芽衣おばさんの手紙を読んだ時も、寒いアパートで膝を抱えて一夜を過ごした時も、沙耶伽の日記で僕への思いを知った時も、涙がこぼれ落ちそうになるのを必死に堪えた。

だけど、だけど、もう限界だった。

懸命に堪えていた涙が、絞り出されるようにこぼれ落ちる。

堰を切ったように流れ出る涙に気持ちが支えきれず、嗚咽し泣き崩れた。

どうして沙耶伽の愛を信じられなかったのだろう。

もし僕が疑うことがなければ、彼女をここまで苦しませることはなかったのに。

「僕が……、僕が……」

泣きじゃくる僕の右手を、芽衣おばさんの両手が包んだ。

芽衣おばさんが、涙声を詰まらせながら僕に語り掛ける。

「これは、沙耶伽が望んだことなの。だから律くんが自分を責めることはないのよ。律くん。沙耶伽を愛してくれて、ありがとう。……ほんとうにありがとう」

さらに涙がこぼれた。

泣いても、泣いても、涙が止まらない。沙耶伽の愛に涙が止まらない。


「狭いアパートでごめんね。この部屋を使って」

綺麗に片付いている沙耶伽の部屋に通された。

八事のアパートで見慣れた布団が敷かれていた。二人が愛を育んだ布団だ。久しぶりに彼女の残り香に包まれた。

その夜、僕は夢をみる。

『ブルバール』で一緒に働いている夢だ。

長い髪をなびかせ、笑顔を振りまく沙耶伽がいる。


翌朝、芽衣おばさんに見送られて僕はアパートを出た。

「容態が落ち着いたら、必ず連絡するから」

僕は頷いて、泊めてもらったお礼を述べた。

昨夜見せてもらった、卒業アルバムで沙耶伽の通った中学校と高校を回った。小樽で過ごした彼女の日々に少しでも触れたかった。降りやまぬ雪の中、高校のフェンス越しに吹奏楽の練習の調べが聞こえる。

沙耶伽が入院している病院にたどり着いたのは、夕方の遅い時間だ。

今のように個人情報にうるさくない時代だ。身内を名乗り小樽の病院に片端から電話を架けたら、入院先はすぐに見つけることができた。

町の雑踏から離れた高台にある病院は、コンクリート建ての小学校のような殺風景な建屋だった。

この病院の307号室に沙耶伽はいる。

白熱灯が灯された駐車場から病室の明かりを見つめる。カラスたちが喧しく鳴き声をあげる中、暗い空から小雪が舞い散る。

どこが307号室かわからなかった。ただ部屋の灯を見ながら僕は懸命に祈った。

「どうか奇跡が起きますように。奇跡が起きて沙耶伽が元気になりますように。以前の二人に戻れますように」

消灯となり部屋の明かりが落とされるまで、僕はずっと泣きながら祈り続けた。


小樽駅の近くで宿を取り、翌日名古屋への帰路に就いた。

小樽から函館。函館から連絡船で青森に、青森からは二ヶ所で電車を乗り継ぎ東京駅に向かう。東京駅からは夜行バスに乗り、明け方に名古屋に着く。

十ヶ月前、沙耶伽が名古屋を訪れた時と同じ行程だ。

ただ僕への思いだけを胸に詰め込み、一人で身寄りのない名古屋に向かう病身の沙耶伽はどれだけ心細かっただろう。名古屋への道すがら彼女は何を思っていたのだろう。ほんの一時でも僕の傍らに居たいと望んでくれた健気な気持ちに、胸が締めつけられる。

「おやじ、ありがとう」

東京駅のバスターミナルから家に電話した。

「会えたか？」

沙耶伽の顔を見られなかった経緯を手短に説明し、改めて工面してくれたお金のお礼を言った。

「おふくろにも伝えて。明日の早朝に帰る」

「わかった。気をつけてな」

おやじのその声を最後に、電話を切った。

身体が泥のようだった。早目にバスに乗り込みシートに背を委ねた。そしていつ動き出したのかも気づかないまま、深い眠りに落ちた。

高速バスが、休憩のサービスエリアにハンドルを切り始めて目が覚めた。車がまばらな深夜の駐車場に、バスが滑り込んでゆく。

背中の張りを覚え、伸びをしようとバスのタラップを降りたときだ。

「律」

突然呼び止められた先に、おやじが立っていた。

僕の顔を見ながら、おやじが息を呑み込むのがわかった。

「沙耶伽ちゃんが亡くなった」

時間が止まった。

僕が病院に行った翌日の夜、沙耶伽は自ら命を絶った。

「なぜ。……どうして」

疑問が頭を渦巻いた。

おやじはバスターミナルからの僕の電話を切ったすぐ後に、芽衣おばさんから沙耶伽の訃報の報せを受けた。この時代に携帯電話などという、移動中の相手に連絡が取れる術などなかった。

おやじはバスの運行会社に問い合わせ、途中に立ち寄るサービスエリアを調べて駆けつけてくれた。

その場でバスを降ろしてもらい、おやじの運転で東京に引き返した。フロントガラスを照らす朝焼けは、現実味の伴わない美しい東雲（しののめ）の彩りだった。

札幌行きの飛行機は満席が多く、キャンセル待ちの搭乗手続きをしてくれているおやじの背中をぼんやり眺めていたことを覚えている。

先日訪れた北海道とは一転し、のしかかるような雪雲は取り除かれ、底が抜けたような青空が大地に広がっていた。

タクシーで斎場を訪れた時には、すでに出棺した後だった。僕が沙耶伽に再会したのは、茶毘にふされた変わりはてた姿だった。

火屋の冷たい空気の中、幾人かの親戚に囲まれてお骨を拾われていた。その姿を見て身体が硬直し、震えた。そんな訝しげに佇む僕に親族の目が集まった。

カツ、カツと硬い床を叩くヒールの音が近づいてくる。目にいっぱいの涙を溜めた芽衣おばさんだ。

「あれほど言ったのに。どうして病院に行ったの」

静粛とした空気の中、芽衣おばさんが僕の頬を打つ音が響いた。

おばさんは涙をハンカチで押さえながら、フォーマルバックから、一通の封筒を取り出した。

それは沙耶伽が死ぬ直前に綴った、僕に宛てた遺書だった。

律くんとわたしはやっぱり繋がっているね。
ここに入院してから、ずっと同じ夢を見ていたんだよ。
律くんが駐車場のポプラの木の下に立っている夢。
そうしたら、昨日、ほんとうにそこに立ってくれていた。
わたしが編んだマフラーを首に巻いて、雪の中、
ずっと何時間もわたしの病室を見守ってくれていた。
久しぶりに見た律くんの姿がうれしくて、涙が止まらなかった。
ありがとう。ほんとうに、ありがとう。
律くんに嫌われたまま死ぬなんて、わたしには無理だった。
辛くて辛くてたまらなかった。
でもこれで、わたしは心残りなく旅立つことができます。

律くんに謝らなくてはいけないことがあるの。
わたしのお腹の中には、律くんの赤ちゃんがいます。
お母さんやお医者さまは堕ろせと言うけど、わたしにはできない。

もちろんわたしに育てることはできないし、産むことだって叶いません。
そんなことはわかっているの。
だけど、神さまが授けてくれた律くんとわたしの子供だよ。
この子を自ら手放すなんてわたしにはできない。
お腹の中の赤ちゃんがどんどん大きくなってゆくの。
律くんが傍にいてくれるみたいでとても心強い。
どんな不安も乗り越えられる。
赤ちゃんが今のわたしのすべてなの。
最後のわがままを聞いてください。
律くんの子供と一緒に逝かせてください。
お医者さまがこの子を取り上げてしまう前に、一緒に逝かせてください。
やっぱり一人は怖い。
律くんがいないとだめなの。
最後に律くんが来てくれたのは、そんなわたしへの神さまからの贈物だとわかった。
これで思い残すことは何もないし、何も怖くない。

律くんにはこの先長い人生が残っています。

わたしのことは忘れて、どうか幸せな人生を歩んでください。

もしよければ、ほんとによければだけど、八事史を出版してもらえないかな。

わたしには時間が足りませんでした。

律くんの幸せをこの子と共に見守っています。

あの日の罪はわたしがすべて持っていきます。

律くんには過去に縛られることなく、これからの人生を歩んでほしい。

律くんが幸せになることを心から願っています。


この手紙を書き終えた沙耶伽は、太陽の塔の前で並んだ幼い僕らの写真を胸に抱き、病院の屋上から身を投げた。

僕は泣き崩れた。膝をつき慟哭した。

日記を読んだ時から気づいていた。彼女は知っていた。

僕が父親を殺したことを知っていたんだ。

四

時刻は夕方五時に差し掛かる。

沙耶伽からもらった時計は、今でも正確に時を刻み続けている。何度もオーバーホールに出し、何回もベルトを取り替えた。

時代遅れとなった古い腕時計が、今ではビンテージとして見直される。

腕時計は時を知らせる機能を携帯電話に譲り、ファッションという新たなイニシアティブを確立した。時代は時代を書き換え次の時代に進化してゆく。

そんな僕の六十年間のクロニクルの中で、沙耶伽と過ごした蜜月は一年に満たない。

彼女の願いとは裏腹に、その後の僕の人生はとても幸せと呼べるものではなかった。

三十一の時、二つ年の離れた年上の女性と結婚し子供にも恵まれた。しかし、結婚生活は長く続かず六年で終止符が打たれた。

僕に退屈していた彼女は、別れて半年で次の伴侶を見つけた。子供の親権で争ったが、再婚相手の経済力は僕よりはるかにしっかりしたもので、妻の再婚を機に親権を手放すことを承諾した。

先月その息子が結婚するとの通知を受けた。当然のことだが、僕が式に座る席は設けられていなかった。お祝いの品を送ったが、返信も届いていない。

硝子越しに雪が舞い落ちそうな空を見つめ、あの日のことを思い返してみる。四十八年前。沙耶伽が教室で苛めに遭っていた日。あの日もこんな重い雲が八事の町に覆いかぶさっていた。

自転車で学習塾から帰る途中、塾に行く前に遊んでいた興正寺に立ち寄った。手袋を忘れてしまったからだ。周りはすでに日が暮れ、街灯が灯り始めていた。

僕は、薄暗い山の奥でカーキ色の服が蠢いているのに気づいた。

沙耶伽のお父さんだ。

カーキ色のジャンパーは八事山の中で、何かを確かめるように動き回っていた。

いつも隣にいるはずの沙耶伽の姿は見当たらなかった。

僕は、足を引き摺りながら山の中を探索するおじさんの後をつけた。山の中は足元がおぼつかないほど暗かったが、動きが緩慢なおじさんを見失うことはなかった。

やがて長い石段に差し掛かった。おじさんは杖を突きながら、一段一段慎重に幅の狭い石段を降りてゆく。

その時、僕はカーキ色のジャンパーの背中を押した。

芽衣おばさんに暴力を振るい、沙耶伽を苦しめる。そんなおじさんを力任せに突き飛ばした。

もんどり打って転げ落ちた身体は、手摺の支柱に頭を強くぶつけて、転がるのをやめた。頭から流れ出た血が石段に広がっていくのがわかった。右手が痙攣するのを見て、怖くなってその場から逃げだした。

家に着く頃から、雪がちらつき始めていた。

あの後、おじさんがどうなったか気になって仕方がなかった。

誰かに助けられただろうか。

死んでしまっていたらどうしよう。

どうか誰かに助けられていますように。

意外と大したことがなくて、今ごろ家に帰っていないかしら。

そんな悶々とした思いを反芻させながら、まんじりともできず布団の中で身体を丸めていた。

そうした中、午前二時、玄関のチャイムが鳴った。

テーブルに置かれた八事史の表紙には、市電の停車場の写真が載っている。当時名古屋の東端だった八事は市電の終着駅だった。

僕らがまだ子供だった頃、年に一回催される「名古屋まつり」に伴い、電飾された花電車が市民の目を楽しませた。

おじさんは僕と沙耶伽に花電車を見せるため、八事の停留所に連れて行ってくれた。

この表紙を見るとおじさんが二人を順番に肩車して、人混みの中から色鮮やかに光り輝く電車を見せてくれたことを思い出す。


おじさんを殺めてからの僕は、尋常ではいられなかった。

それまで人一倍おしゃべりだった僕が人と言葉を交わすのが怖くなった。

クラスの皆が「人殺し」と非難の目で見ているようで、周りの視線に怯えた。

常に緊張を強いられ、すべての風景から色が消えた。

そんな僕を救ってくれたのが高橋だった。彼と話していると、縛られた精神が解き放たれるのを感じた。あの時の彼は、僕にとって光の衣を纏った救世主だった。

その高橋が亡くなり受験に失敗し、以前の荒涼とした世界に戻るのが怖くて怯えた。不安に襲われ、幾晩も眠れぬ夜を過ごした。

医者に処方してもらう睡眠薬の種類は増え、精神が維持できずに壊れてしまいそうだった。

そんなさなかに、沙耶伽は現れた。

沙耶伽は僕がおじさんを殺したことを知っていたのだと思う。

「あの日の罪はわたしがすべて持っていきます」

手紙に書かれた一文が何を意味しているのかは明白だった。

彼女はすべてを知った上で、僕をおじさんの呪縛から解き放そうとしてくれていたのだ。


沙耶伽が亡くなってすでに四十一年の月日が経つ。

彼女はなぜ父親を殺した僕に、好意を寄せてくれたのだろう。

四十余年もの間、彼女への想いを巡らすといくつもの断片が、あの日の夜に重なり合わされてゆく。

あの日。午前二時。玄関先に立った彼女は僕らにこう言った。

「お父さんが夕方出ていったきり帰ってこないんです。こんな時間までやっているお店なんかないし、外は雪が降っているし」

おやじは服を着こんで探しに飛び出した。

後日、沙耶伽はおじさんを一人で興正寺に行かせたことを後悔したと僕に言った。

彼女はおじさんの行き先を知っていたのだ。

それなのになぜ、そのことを僕らに言わなかったのだろう。

コーヒーのお代わりを注文し、今まで何度も空想した思いを、もう一度なぞって考えてみる。

あの日。薄暗がりの石段に血が流れ広がるのを見て僕は怖くなって逃げだした。

一刻も早くその場を立ち去りたくて、無我夢中で逃げだした。

もし、その場を沙耶伽に見られていたとしたら——。

あの日。友達にからかわれ、おじさんの誘いを彼女は断った。

しかし足の不自由な父親を、一人で足元の暗い八事山に行かせたことを後悔し、沙耶伽はおじさんを追いかけ八事山に入った。

そして、僕の凶行を目撃する。

すでに陽は落ち周りは暗かった。慌てていた僕は、傍に人が居ることなど気にする余裕はなかった。

その場を沙耶伽に見られていても気づくことはない。

もしそうだとすれば、新たな疑念が湧きあがる。

なぜ沙耶伽はおじさんを助けなかったのだろう。

あの時まだおじさんは生きていた。息があった。助けを呼ぶことはできたはずだ。一つの答えに考えが及んでしまう。

沙耶伽は父親を見殺しにしたのだ。

おじさんとの生活から逃げ出したかったのだ。

あの夜、僕の家に駆け込んできたのは、自責の念に堪えられず一人で居ることが怖かったからだ。彼女の心の拠りどころは、罪を共有する僕しかいなかった。

「元気で」

北海道に移り住むことになった沙耶伽と交わした、短い挨拶を思い出す。

「律くんも」

どんな思いで僕の名を口にしたのだろう。

あの時、沙耶伽はすでに僕らが同じ運命の轍を踏んでいることを知っていたのだ。


二人が同じ十字架を背負っていたのだとしたら。

人を殺めた罪と、父親を見殺しにした罪。

どちらの十字架がより重たく肩にのしかかるのだろう。

沙耶伽は小樽で僕と同様に、呵責(かしゃく)の念に苦しんでいたに違いない。

そして自らの余命を知る。

彼女が八事の町にやって来たのは、僕ら二人の贖罪の遂行だ。

彼女にとっての贖罪は、父親が夢見た八事史の出版だった。

そして彼女は僕も救いたかった。子供の頃父親と歩いたこの町の歴史を、僕と二人で紡ぎ上げることを望んでこの町に帰ってきた。

雪を魂のかけらと呼ぶ沙耶伽は、僕らに降り注いだあのひと冬の雪に、何を見て何を語り合ったのだろう。

腕時計が時を刻み続けた四十一年間、僕は日記を何度も読み返し彼女の思いを知ろうと試みる。今では確かめる術もない答えを、繰り返し、繰り返し考え続けている。

だが確かなことが一つある。

彼女は僕のことを愛してくれていた。

僕も子供の頃からずっと沙耶伽が好きだった。

そして還暦を超えた今でも、彼女を忘れることができない。

目の前に置かれた一冊の本。

この本を出版するのに随分長い歳月が掛かってしまった。出版に至る今日まで、彼女との贖罪の日々が続くことを僕は望んだ。

雪が降り始めた。

逢魔が時。通り沿いに赤いテールランプが連なり始める。出来あがった八事史を沙耶伽は喜んでくれるだろうか。

沙耶伽の魂の結晶が、八事の町を覆い隠してゆく。

高橋　哲哉

一

高校に入学してすぐに親睦を深める主旨で、クラス対抗の球技大会が催された。男子はサッカー、女子はバレーだ。

サッカーは経験者が少ない素人サッカーで、どの対戦も我も我もとボールに群がる団子状態が続いていた。

そんな中、こぼれ出てくるボールを狙っている奴がいた。手足が長く痩身の男だ。狙い通りにこぼれ出たボールが、彼の前に転がる。軽いボールタッチで左サイドを駆け抜け、瞬く間に相手のゴールまで攻め上がる。速い。そして一蹴。ボールがゴールの隅に突き刺さった。

グランドの皆からどよめきが上がった。

背中に付けられたゼッケンの名前は「長瀬」。

それが、俺が初めて目にした律の姿だった。


俺の親父は、北海道大学で海洋物理学の教授をしていた。国内だけに留まらず海外をも忙しく飛び回り、単身で札幌に住み研究に没頭していた。

他の家族は、母方の実家の小樽に住んでいた。祖母と母、兄二人の五人暮らしだ。過干渉はせず互いをリスペクトし合う、家族愛に溢れた家庭だった。

ただ、家族の皆が変わり者だった。

俺と長兄の進治とは歳が十歳ほど離れている。

進治は好奇心の塊のような男で、小学校三年の時、流氷の上を歩いて樺太に渡ろうとして網走駅で警察に保護された。それに懲りず中学一年の冬、再度挑戦して海上保安庁のヘリを飛ばした。頭は優秀で学園紛争で東大の受験が中止になった年、さらに難関になった京大に合格した。

次兄の春雄とは二つしか年が離れていない。

春雄は中学の修学旅行に酒を持ち込み、義務教育ながら二週間の自宅謹慎処分を受けた。

唯我独尊が服を着たような男だが、本はよく読んだ。教師から文才を認められ、勧められて応募した私小説で、全国のコンクールで金賞を受賞した。
お袋もまた変わっていた。

独自のレシピでジンギスカンのタレを開発し、幼い長兄を祖母に預け、道内の食品スーパーへ売り込みに奔走する。商才があったのか、すぐに販売ルートを確立し、立ち上げた会社を数年で軌道に乗せてしまう。しかし、四年後、「もう十分」の一言で、二十人もの社員を雇い入れて黒字経営していた会社を未練なく手放してしまう。

今は日がな一日、背の高いガラス張りの温室でビワの木を育てている。北海道で植樹させるのはかなりの根気が必要で、一喜一憂しながら、ビワの実の成長を愉しんでいる。

「それくらい熱心に進治の面倒を見てくれていたら、よかったのにね」そう言う祖母の皮肉を、「お母さんだったから、進治は京大に入れたのよ。私では無理」などと持ち上げながら受け流す。

そんな個性と才覚の溢れた家族の環境で、わがまま、気まま、なすがままに育てられると、俺みたいな人間が形成されるらしい。自分の性格は把握している。おだてられれば躊躇なく木に登るタイプだ。

蝉時雨（せみしぐれ）が耳に纏わりつく夏休みの前日、学校の職員室で、俺の隣に座るお袋がしきりに頭を下げている。俺たちの前には、担任の仲根と教頭の和田が睥睨（へいげい）して座っている。

「高橋君は成績も良いです。友達の面倒見も良く、クラスをまとめてくれています。だが素行が良くないです。素行が」

「申し訳ございません」

お袋がジャージ姿で腕を組む仲根に深々と頭を下げる。

「たばこはいけませんな、たばこは。しかも校内で」

「誠にあいすみません」

机に肘をのせ言葉を被せる和田に、お袋はまたまた平身低頭で謝罪する。

「高橋。お前、内申書を舐めているだろ。喫煙は三度目だぞ。反省せんか。馬鹿者が」

憮然として座っている俺の態度が許せないのか仲根ががなる。

「申し訳ございません」

対照的にお袋が、さらに頭を深く下げる。

その姿が日頃の悠々自適なお袋からは想像できず、俺は呆れ顔でお袋を眺める。

そんな俺に仲根から想定していなかった提案が持ち掛けられる。

「高橋。明日からボランティアに行け」

「はぁ？」仲根の顔を窺い見る。

「『はぁ』じゃない『はい』でしょ」

　この場のマウントを取るように、お袋が声を張って俺を叱りつける。

　だんだん芝居がかってゆくお袋の言動に、ため息が漏れそうになる。

「小樽南総合病院で、入院している子供たちに読み聞かせをしてこい」

「なに、それ？」

「怪我や病気で入院している子供たちの遊び相手だ」

「行かせます。必ず行かせますので」

　お袋が口を挟み、息子の意向など一切構わず話をまとめにかかる。

「そこでな、高橋。杉浦沙耶伽って子は知っているか」

「誰、それ？」

「『誰、それ？』じゃない。『どなたですか？』」

　俺の後頭部が乾いた音を立てる。

「おまえのクラスメイトだ。まだ学校には一度も登校していない」

　そういえば、一年の冬休みに転校してきて、まだ一度も学校に顔を出さない女子が噂になっていた。クラスの出席簿にそんな名前があったことを思い出した。

「その子も小樽南病院で読み聞かせをしている。何もしなくていい。どんな様子かだけ報告してくれ」

「報告します。必ず報告させますので」

俺が口をはさむ隙を与えず、お袋が即決する。相手の気が変わらないうちに、タレをスーパーに売り込む勢いだ。

夏休み中、週二日一時間、病院に読み聞かせに行くことでこの度の喫煙は不問とされた。

「くれぐれも内申書に喫煙のことはご内密に」

帰り際、悪徳代官に隠蔽工作を頼む腹黒商人（あきんど）のように、お袋が頭を下げる。

車に乗る前に、俺は憤懣やるかたない思いで愚痴る。

「なんだったんだよ、さっきの三文芝居は」

「学校ってああいうとこなんだよ。春雄で学ばせてもらったわ」

あっけらかんと言い返される。

「俺はまたタレに不純物でも混入して、謝りに来たのかと思ったぜ」

そう言う俺に、お袋が宣（のたま）う。

「あんたが不純物であるはずないじゃないか」

シレっとこんな芝居がかった臭いセリフを息子に真顔で言う母親に、思わず憧憬（どうけい）さえ覚えてしまう。

リノリュームの床に消毒の匂い。レクリエーションルームは小児科病棟の中ほどにあり、教室ほどの広さがあった。ウレタンマットが敷かれた部屋の中で、よちよち歩きの子供や低学年層の子供が十人ほど集まって、持て余した院内の時間を皆で過ごしていた。

部屋の隅に三段ボックスが並び、絵本、おままごとセット、積み木などが収納されている。今はボックスから取り出された中身が床に散乱していた。

大人たちの姿もあった。乳幼児のお母さんだと思う。

そうした子供たちの輪の中に俺と同年代のショートヘアの女の子が子供たちに溶け込んで絵本を読んでいた。

白のTシャツにブルージーンズ。それが沙耶伽との出会いだった。

「お兄ちゃんも仲間に入れて遊んであげてね」と、看護師さんに紹介されても、怪しげな闖入者に戸惑い、子供たちは遠巻きに俺の様子を窺っている。

そうした子供たちの中に、躊躇することなくずかずかと入り込む。

「よし本を読むぞ」

そう言って備え置きの絵本を順番に手に取り、オーバーなゼスチャーを交えて読み始める俺を、子供たちが興味津々に取り囲み始める。

俺は物語を面白おかしく盛った。

赤ずきんがオオカミを食べてしまう。過労死したアリにキリギリスがバイオリンを弾いてあげる。レンガで家を作った子豚が、出口を作り忘れてオオカミに助けられる。

子供たちには大うけだ。大きなはしゃぎ声に、看護師さんが顔を出すほどだった。

翌日も俺は病院に顔を出した。

今日もレクリエーションルームの子供たちの輪の中に沙耶伽がいた。

「あれ、杉浦も来てたの？」

初めて沙耶伽に言葉をかけた。

沙耶伽も驚いた顔で俺を見つめた。

「ああ。俺は、ナオキたちにこれを持ってくる約束をしてたんだ」

そう言って抱えていた菓子箱を子供たちに差し出す。男の子たちから歓声が上がる。箱の中には、人気アニメヒーローのカードが溢れんばかりに入っていた。

子供たちが俺にまとわりつく。

「哲にいちゃん、トランプしよう」

俺は、いつの間にか哲にいちゃんと呼ばれていた。

「ええよ。杉浦も入れよ」

俺と沙耶伽と子供たちのトランプ大会が始まった。

頭に包帯を巻いた子。点滴を手放せない子。痩せて体力がおぼつかない子。

いろんな子たちから、俺たちは慕われた。

「明日も遊んでね」

沙耶伽を慕う小さな女の子が指切りげんまんをしていた。

(押し入れにしまい込んだミニカーを持ってきたら、こいつら喜ぶだろうな)

週二日だったはずのボランティアが、子供たちの笑顔見たさに、毎日、病院に通うようになってしまった。


昼下がりの病院のロータリーでわたしはバスを待っていた。

バスを待つわたしの前を高橋くんは「おつかれ」と言って、自転車で通り過ぎてゆく。

「おつかれさま」と、短く返す。

そんな別れの挨拶がルーティンになっていた。

北海道は八月も半ばを過ぎると、秋が薄い膜を覆い被せ始める。

そんなある日、わたしの前で自転車が止まった。

「はい、これ」

長い指に挟まれたコーヒー牛乳の紙パックを高橋くんに差し出された。

「ありがとう」

戸惑いながらお礼を言って、両手で冷たい紙パックを受け取った。

高橋くんは自転車のスタンドを立て、わたしの横に腰を下ろした。

「お父さんが事故で亡くなったんだって？」

いきなりの問いかけにどう応えてよいか戸惑ってしまう。

暫く逡巡してから小さくうなずいた。

「それと学校に行かないのと何か関係があんの？」

立ち入られたくない質問だった。

「余計なお世話かもしれないけどさ。学校には行けば？」

高橋くんのずけずけとした物言いに、わたしは何も言い返せない。

顔をあげられないわたしに、高橋くんはさらに容赦のない言葉を浴びせる。

「お前、毎日なに見てんの？　ユウジも、ヨシヒロも、マサヤも、ガワチンも、イトちゃんも、ヨウコちゃんも、学校に行きたくても行けないんだぜ。お前を慕っているショウコちゃんだってそうだろ」

ショウコちゃんのベッドの横には赤いランドセルが置いてある。ショウコちゃんは毎晩寝る前に、翌日の時間割の教科書をランドセルに詰めて眠りにつく。学校の夢を見るために。

二人の頭の上をアキアカネが飛び交っている。

「まあ、お前の勝手だけどさ」そう言って、高橋くんは立ち上がる。

途切れた時間の後、おもむろに振り向き、真剣な眼差しをわたしに投げて話しかける。

「お父さんと話をさせてやるよ。約束する。冬だ。冬になったら必ずお父さんの声を聞かせてやる。だから学校には行けよ」

何を言っているのか意味がわからない。

高橋くんはわたしに反問の間も与えず、スタンドを跳ね上げペダルを踏み込んで立ち去ってしまう。

夕日は傾きかけていた。夏の残余の空気を纏い、小さくなってゆく高橋くんの背中を見送った。

北海道の夏休みは短い。二学期は来週の月曜日から始まる。


仲根先生が、黒板に「杉浦沙耶伽」と書いて挨拶を促す。

「すぎうらさやかと言います。名古屋から来ました」と、言ってクラスを見渡して驚いた。

窓際一番後ろの席に、高橋くんが座っている。

同じ学校とは知らなかったし、クラスが一緒とも聞いてなかった。

挨拶が終わると先生が高橋くんに言いつける。

「委員長。杉浦が早く馴染めるようにお前がちゃんとしてやれ」

面倒くさそうに高橋くんが答える。

「だったら、レク部に入ってもらいたいんですけど」

先生がわたしに説明してくださった。

「レク部と言うのは、来月の修学旅行で、バスの中でゲームやらクイズやらの遊びを企画する部らしい、高橋が勝手に作ったグループだが、よければ手伝ってやってくれるか」

わたしは小さく頷いた。

昼休みに高橋くんとすれ違った時、わたしは小声で囁く。

「ずるい。同じ学校だなんて聞いてなかった」

そんな不平も、高橋くんに軽く笑って受け流された。

レク部。すなわちレクリエーション部は、わたしをクラスに馴染ませるために高橋くんが作ったグループだと思う。前回のホームルームでクラスと先生に半ば強引に承認させたと聞いた。男子三人に女子は二人。わたしを含めると、女子も三人になる。女子の二人はわたしを迎え入れてくれそうな世話好きな二人だった。

雪が舞い散る寒い夜。高橋くんから電話が架かってきた。

「今からお父さんの声を聞かせてやるよ」

電話口の声に戸惑う。

「約束しただろ。いいから、来いよ。北一硝子から四本目のガス燈な。待ってるからさ」

北一硝子は小樽の運河沿いに建つ観光名所だ。

この日、お母さんは小料理屋で働いていて不在だった。

躊躇して、迷って、行くことに決めた。

運河までの路を、身を切る雪風に吹きつけられながら歩いた。雪道に慣れないわたしは、着くのに小一時間かかってしまった。

高橋くんは寒そうに身体を縮ませて、わたしが来るのを待っていた。

「ごめん。遅くなって」

「凍えて死ぬかと思ったぜ」

謝るわたしを、雪で真っ白になった眉毛を下げて笑う。

高橋くんは、いつも何かを探しているいたずらっ子のようだ。そして包み込むようなまなざしは限りなく優しい。

異国のような煉瓦造りの倉庫街。オレンジ色のガス燈。運河の水面に消えてゆく雪。

いつの間にか周りの音は消え、静謐な世界が二人を包む。

「手袋を取って」

言われるまま手袋を外して手をかざした。手のひらで淡く消える結晶を見つめる。

すると、降り注がれる雪の中から声が漏れ聞こえているのに気づく。

耳を澄まさないと聞こえないほど小さな声だ。

「……沙耶伽」

わたしの名前を呼んでいる。

「沙耶伽すまなかった。俺は悪い父親だった」

お父さんの声だ。間違いない。お父さんの声だ。

「お前を恨んだりなんかしていない。ほんとうにもういいんだ」

お父さんの言葉を、舞い散る雪たちが届けてくれている。

「これ以上お前が苦しんでいる姿を見たくない。笑っておくれ。沙耶伽、愛している」

お父さんが許してくれている……。優しい言霊(ことだま)がわたしに降り注ぐ。

涙が溢れ頬を濡らす。

「沙耶伽に頼みたいことがあるんだ」

「なに？」

「八事の歴史を本にしてくれないか」

「わかった。必ず本にする」

雪がぬくもりを帯びて、わたしの身体を包み始める。

「沙耶伽。お前が娘で俺は、ほんとうによかった。幸せだった……」

消え入るようなその言葉が最後だった。

道行く車の音が耳に戻り、奇跡は終わりを告げた。

「わたしも」

そう泣きながら訴えた言葉はお父さんに届いただろうか。

「聞こえた？」

高橋くんがわたしを見つめながら問いかけた。

その瞳を、目に涙を溜めて見つめ返す。

「うん」

うたかたの父親との再会にまだ心が震えている。

「今日、誕生日だろ？　おめでとう」

一月二十九日。わたしの誕生日だった。十四歳の誕生日に奇跡は起きた。

奇跡をプレゼントしてくれたのは高橋くんだ。

昨年の正月、まだ松が明けないうちに祖母は亡くなった。

祖母は俺たちのことを愛してやまない人だった。

小さな箱に遺骨となって帰宅した夜、お袋は訝しむ俺たちを、雪が降る庭に連れ出した。

ガラス張りの温室の横、レンガ敷きのテラスになっている場所は、祖母のお気に入りの場所だった。

祖母はいつもこの場所でゆり椅子にもたれ、俺たちが庭で遊ぶ姿を見守ってくれていた。

お袋は雪が降り積もる椅子の前に三人を誘う。

「耳を澄まして」

雪が深々と降り続く中、二人の兄と俺は、声をあげて泣いた。

この時知った。

亡き者は遺されし愛しき者たちに、言霊を雪に宿して使わすことを。


それからの沙耶伽は変わった。クラスに溶け込み、皆とよく話すようになった。何より笑顔が多くなった。

沙耶伽からもよく話し掛けてくれるようになった。俺も気が付けば沙耶伽の姿を探している。そんな自分の気持ちに気づいたのは、ずっと以前だ。

夏休みのボランティアで、子供たちに「哲にいちゃんと沙耶伽ねえちゃんは結婚しないの？」と、からかわれたことがあった。悪い気はしなかった。

そんなある日、胸の鼓動を悟られないように、さり気なく、限りなくさり気なく、沙耶伽に声をかける。

「沙耶伽、札幌に遊びに行かない？」

「えっ？」

「雪まつりを見たいって言ってただろう」

「行きたいけど……」

「お金の心配はいらない。親父が単身赴任で札幌にいる。今度の日曜日におふくろが行くから車に便乗する」

「……いいの？」

「朝早い出発になるけどな。行こうぜ」

「うん。行きたい」

気持ちが躍った。俺たちの初めてのデートが札幌の雪まつりだ。

ビワの木の根元にわらを敷き詰めているお袋の背中に声をかけた。

「あさって親父の所に行くよね？　俺ともう一人乗せてくれない？」

「いいわよ。誰？　岸田くん？　それとも村瀬くん？」

「違う、女の子」

母親は腰を伸ばし、驚いた顔で俺を見る。

「札幌で雪まつりを見るだろう、気分が高まるだろう、そしてその勢いで『好きだ』って、告白するの」

なんのてらいもなく意気揚々と鼻の穴をふくらます俺に、お袋はあきれ顔で答える。

「あんた馬鹿なの？　札幌まで行ってふられたら、帰りの車は地獄だよ」

「なんで母親が息子のやる気の腰を折るかな。ふられるわけないの。てっぱんなの、てっぱん。あんたが産んだ息子を信じなさい」

「ふ〜ん」微笑みをたたえながら、「わかった」と一言言って、お袋は背を向けて作業に戻った。

それ以上何も訊かないし、詮索もしない。そんな慎み深く、子を思うお袋の背中に小さくお礼を言った。

「なに、これ？」

春雄が食卓の赤飯を見て訝しむ。

「哲哉のためよ」

「初潮か？」

「あほ。明日、哲哉が札幌で女の子に告白するんだってぇー」

軽薄な女子学生のように、喜々と目を輝かせてお袋が説明する。

「ほぉー」低い感嘆の声を春雄が上げる。

「おい！」と、お袋に声を荒げる俺に、次兄が突っ込みと質問の集中砲火を浴びせる。

「可愛いのか？」「同い年か？」「胸はデカいのか？」「コクって勝算はあるのか？」

子を思う慎み深さのカケラも持ち合わせていなかった母親が、さらに勢いをつけて茶化して宣う。

「それがさ、てっぱんなんだってぇー」

どこの家でも末っ子の扱いはこんなものなのだろうか。ため息をつきながら赤飯を口に運んだ。

その夜、電話で明日の計画を沙耶伽と二人で立てた。大通公園のテレビ塔に登りたいと沙耶伽は嬉しそうに言う。クラーク博士の銅像と並んで、同じポーズの写真を撮る約束もした。

クラーク博士の銅像は、あまりの見物客の多さに辟易した大学の要望で、さっぽろ羊ヶ丘展望台に新設された。眺望が美しく新たな札幌の名所になっている展望台だ。

夕暮れ時、この展望台で沙耶伽に愛を誓い、告白する計画を盛り込んだ。

朝七時にお袋の車で、沙耶伽の家に迎えに行った。電話での打ち合わせ通り、沙耶伽は厚手のタートルをインナーにピンクのスキーウェアを着込んでいた。思いっきり雪遊びができる格好だ。

玄関から出てきて挨拶する沙耶伽のお母さんに、お袋も車を降りて言葉を交わす。

沙耶伽のお母さんは色白でとてもきれいな人だった。沙耶伽も大人になるとこんな美人になるのかと想像したら、思わず頬が緩んだ。

「よろしくお願いします」沙耶伽も並んでお袋に挨拶をしていた。

意気揚々。車は一路札幌の雪まつり会場を目指す。

今日の行く末を祝うような快晴の青空が、フロントガラスに広がっている。告白する夕暮れ時の展望台から見る雪原は、セピア色に染まり雰囲気はいやが上にも高まるのだ。

車の中で二人の笑い声は尽きない。

会場には雪でできたアトラクションがいくつもあった。

雪上車で固められた雪の坂道をタイヤのチューブに乗って滑りおりる。結構なスピードとこぶのデコボコに、沙耶伽が小さな悲鳴を上げる。

先に滑り降りていた俺が、手を差し伸べる。沙耶伽はなんのてらいもなく、白い歯を見せて手を俺に預ける。

（てっぱんだ。てっぱん）

頭の中で小人たちが輪になって踊る。

（ハイホー、ハイホー）

雪で作られた巨大迷路をはしゃぎながら歩く。歌は鳴りやまない。

（ハイホー、ハイホー）

沙耶伽の笑顔が可愛くてたまらない。

（ハイホー、ハイホー）

大通公園の大きな雪像を見ながら、出店のトウモロコシを頬張って歩く。テレビ塔にも登った。どこに行っても、何をしても、沙耶伽は惜しみなく笑顔を俺に見せてくれる。

羊ケ丘展望台に移動して、クラーク博士の銅像を探し、右手を斜めに上げてポーズを決める。

「わぁー、可愛い」

羊を見て沙耶伽がはしゃぐ。

夏になると放牧されている羊を見ながら、レストランのジンギスカンの香ばしい匂いが鼻孔をくすぐる。何ともシュールな展望台だ。

陽は静かに落ちて、雪原を赤く染め始める。いよいよイベントのクライマックスが訪れる。小人たちは木の陰に身を隠し、息を潜めて様子を窺っている。

俺は沙耶伽の瞳を見つめて、勇気を振り絞る。心臓が早鐘のように打つ。

「沙耶伽。お前のことが好きです。僕とつき合ってください」

少し震えた声が恥ずかしかったが、俺は右手を差し出す。

そんな俺に、沙耶伽が困惑の表情を見せる。

（へっ？）

冷たい風が俺の首元を撫でてゆく。

「あのぉ。俺じゃあ、駄目なの？」

動揺して声が小さくなる俺に、沙耶伽が申し訳なさそうに言葉を切り出す。

「好きな人がいるの」

（えええぇ？）

思いがけない答えに、俺の浮かれていた気分は一気に萎(しぼ)む。

「……だれ？　俺の知っている奴？」

「ううん。高橋くんの知らない人。名古屋にいるの。長瀬律くんっていうの。忘れたくても忘れられない人」

（嘘でしょ？）

足元が崩れ落ち、身体が引きずり込まれるように暗い穴に落ちてゆく。

自分が信じていたてっぱんは、生ハムより薄く水たまりに張った薄氷より脆かった。

小人たちが、気の毒そうに振り返りながら森の小径に帰ってゆく。

俺の告白に、真摯に正直な気持ちを吐露する沙耶伽を、恨むことも、憎むことも、嘲ることもできなかった。ただ、彼女の気持ちを独占する長瀬律に著しく嫉妬を覚えた。

どんな奴なんだ、長瀬って奴は。こいつさえいなければ、きっと俺と沙耶伽は上手くいっていた。自信はあった。

「ごめんなさい」沙耶伽がもう一度小さな声で謝った。

その声で落ち続けていた身体が、ストンと地の底にたどり着く。周りは漆黒の闇だ。齢十四歳。俺は奈落の底の風景を知る。

お袋が言った通り、帰りの車内は地獄だった。小樽までの道のりが果てしなく遠い。

お袋も気づいているはずだ。行きは後部座席に二人並んで腰掛けたが、帰りの俺は助手席に座っている。流石にふられた直後に、横並びに座る神経のタフさは持ち合わせていなかった。

二人の間で交わす言葉もまばらだ。

お袋は信号で止まる度、息子を憐れんでか、目が合わないようにサイドウィンドウ越しに外を眺めていた。

何度目かの信号待ちで俺は気づく。

（笑ってやがる）

肩が小刻みに揺れている。

（お袋は俺を憐れんでなんかいない。手の甲で口元を隠し、息子の不幸に笑いをかみ殺してやがる）

腹が立ってくる。

小樽の市街地でわずかばかり渋滞したが、七時前には沙耶伽を送り届けることができた。

ようやく地獄の時間から解放され、別れの挨拶は精一杯平静を装った。

「また、明日な」

「うん。今日はありがとう」

俺は頑張って、いつも通りの笑顔を貼り付けて手を振った。

車中で母親と二人きりになると、改めて気持ちが萎えた。魂が抜け落ちそうで、どこか誰も知らない遠くへ行ってしまいたい気分だった。

そんな俺にお袋がすまなさそうに謝る。

「ごめんね」

謝る意味がわからない。

「なにが」

尖った声の俺の返事に、笑うのを隠してお袋が応える。

「今日もお赤飯なの」

勘弁してくれ。怒る気も失せた。


だからといって、これで沙耶伽との関係が断ち切れたわけではない。毎日学校で顔を合わす。嫌でも顔を合わす。

俺はできる限りいつも通りを装い、軽口を交わす努力をした。沙耶伽もそれに呼応して何事もなかったように今まで通り接してくれた。

いますぐ沙耶伽への恋心を消し去ることはできない。

できないが、薄めて飲む乳酸菌飲料の原液を一滴一滴スポイトで薄めてゆき、やがて水になるのを待つように、想いが薄められて忘れ去るのを待つしかない。

しかしながら、スポイトの水滴如きで初恋の味は容易に薄まらない。その上、三年生になっても同じクラスになってしまう。

彼女が他の男子と談笑するだけで、何を話しているか気になってしまう。まさか自分がここまで一人の女の子に執着するとは思ってもみなかった。女々しい自分に嫌悪を覚えた。未練かもしれないが、一縷の望みが捨てきれないことが原因だった。

告白した時、沙耶伽は薄く涙ぐんでくれていた。自惚(うぬぼ)れではなく、少しは自分に気持ちを宿してくれていると思った。

名古屋で長瀬律と何があったかは知らない。でも、俺と沙耶伽は小樽にいる。長瀬律は名古屋だ。彼が沙耶伽と交わることはこの先もうないのではないか。

俺が原液を薄める以上の速さで、沙耶伽が長瀬律を薄め、水にしてしまう可能性は十分にあった。

沙耶伽の頭の中から長瀬律が消え去り、さっさと霧散(むさん)してしまうことを願った。

中学三年の冬。まさか、自分が先に消え去ることになるとは思ってもみなかった。

東京の官庁で働く進治も帰省し、久しぶりに家族が集まった正月の団欒の場で、お屠蘇気分の軽口で親父が皆に宣告する。

「名古屋に引っ越すから」

一同言葉を失う中、以前から知っていたお袋が、ますます軽い口調で言葉を足す。

「春からお父さんは名古屋大学の教授なんだって。東京に近くなるんだから、進治とはもっと会えるようになるわね。問題はビワの木なのよね」

「おい。ビワの木より俺の心配は？　高校はどうすんだよ」

小樽の進学校に通う春雄が憤る。

「大丈夫。編入すればいい。お前のオツムなら大丈夫だ」

赤ら顔の親父が無責任に言い放つ。

「俺も来年受験だぜ」

高校受験を控える俺も不満を口にする。

「お前、名古屋に高校はないと思っているのか」

これまた無責任に親父に言い返される。

「俺にだってここまで築いてきた人間関係とかがあんだよ」

「大丈夫。哲哉くん、君ならどこででも生きていける」

ひとしきり文句を並べ立てたが、引っ越しは決定事項で、高橋家の遷都は覆らない。

親父が札幌に戻った夜、俺と春雄はお袋に茶の間に呼び出された。

「お父さんね。わたしたちと一緒に住みたいんだって」

急須でお茶を淹れながら、二人の息子に話を切り出した。

「ずっと札幌で一人だったでしょ。淋しかったのよ。わたしもおばあちゃんのことで我儘言わせてもらってたし。慣れない土地でまた一人というのは、お父さん、可哀想に思うの」

急須から注がれたお茶の若緑色を、白磁の湯のみが一層際立たせる。

「勤め先の大学の近くで、家を探しているらしいの。これからは春雄や哲哉と過ごす時間を大切にしたいんだって」

お袋が淹れたお茶はいつも香ばしく、優しい味がする。亡くなったおばあちゃんが日本茶好きだったからだ。

後ろ手で身体を支え、天井を見つめていた春雄が、逡巡したのちお袋に言う。

「わかった。担任に名古屋で編入できる高校を訊いてみる。私立になってもいいか？」

「ありがとうね」春雄のその言葉を母親が受けとめる。

高校編入を受け入れた次兄の前で、俺はこれ以上何も抗えない。

親しくしている友達の顔が浮かんだ。真っ先に浮かんでしまうのは、やはり沙耶伽だ。

北国の夕日が学び舎を赤く染める。淡く淋しい陽の光が教室に差し込み、高橋くんとわたしの影を押し伸ばす。

「高橋くん、名古屋に引っ越すって聞いたけど、ほんと？」

「ああ。親父の都合でそうなった。子供の俺は従うしかない」

黙ってしまうわたしに代わって、高橋くんが言葉を繋ぐ。

「長い間、親父は札幌で単身赴任だったんだ。今度は大学の近くで俺たちと一緒に住みたいんだってさ」

「そっか。淋しくなるね」率直な気持ちが口からこぼれる。

そんなわたしの言葉を小さく受け取り、高橋くんは話題を変える。

「確か沙耶伽って、名古屋に住んでいたよね。名古屋大学の周りってどんなところ？」

目が一瞬泳いでしまう。

「わたし名古屋大学の近くに住んでいたの。バス停で三つくらい離れたところ。八事（やごと）っていう町」

高橋くんも同じ町の名前を口にする。

「八事？　今度俺が住む町だ」

以前わたしが居た町に高橋くんが移り住む。そんな巡り合わせに驚く。

と、同時に律くんの顔が頭に浮かぶ。

少し複雑な笑顔を浮かべた高橋くんが、律くんの名前を口にする。

「じゃあ俺、お前が好きな長瀬律って奴と同じ町に住むことになるんだ。すれ違うくらいはあるかもな」

予感がする。二人は惹きつけられる。

「その時はよろしく言っといてね」

軽い笑顔を残して、わたしは高橋くんの前を立ち去った。

胸がどきどきした。

律くんと高橋くんが同じ町に住む。

その夜、わたしは小樽に来て初めて律くんに葉書を書いた。少し遅れた年賀状だ。律くんが八事に居ることを確認するためだ。

年賀状が戻ってきませんように。まだ長瀬家が八事に住んでいますように。そして、律くんと高橋くんが巡り合いますように。

お父さんが亡くなって以降、人の営む社会から隔絶されていたわたしを救い出してくれたのは高橋くんだ。高橋くんはわたしのような人を放っておけない。きっと律くんにも手を差し伸べてくれる。

そして、律くんの本質を知る。知り合えば二人は間違いなく深い絆で結ばれる。そんな気がした。

二

四月。高校に進学した春。一枚の葉書が届いた。裏面にたった一行、ボールペンで書き殴られた文字が躍っている。

差出人は高橋くんだ。

『長瀬律と同じ高校になった。長瀬はサッカーがうまい』

胸がときめく。律くんと高橋くんが繫がった。

中学一年で離れればなれになって以来、わたしが初めて手にした律くんの情報だ。中学の時から、律くんはサッカーが上手だった。高校生になった律くんが、グラウンドを駆ける姿を思い浮かべるだけで胸がときめく。

一行の葉書を何度も何度も読み返して、日記帳に挟んで抽斗にしまった。

高橋くんはわたしに好意を寄せてくれている。それを利用するようなことをしてはいけない。絶対に駄目だ。でもきっと、律くんと高橋くんは友達になる。なるに決まっている。

いつか三人で逢うことができたら——。

翌日、葉書のお礼を手紙で伝えた。律くんとの出会いを喜んでいることを、高橋くんが傷つかないよう言葉を選びながら認めた。

俺が沙耶伽への葉書を投函して、一週間も待たずに返信は届いた。

葉書のお礼と同級生や小樽の町の近況が縷々と書かれてあった。通っていた中学の大勢が同じ高校に進学したらしい。便せん三枚におよぶ手紙に、長瀬のことは一言も触れられていなかった。ただ最後の一行。追伸に沙耶伽の気持ちが滲んでいた。

（追伸―律くんとのこと、また教えてください）

沙耶伽が俺を気遣い、長瀬のことに触れようとしない優しさに、長瀬のことをもっと知りたいと願う気持ちが上乗せされた手紙だった。

追伸の一行に俺の気持ちは沈んだ。


入学してからの一年間は、長瀬と交わる機会はなかった。

クラスは違うし、互いの教室は廊下の端と端だ。たまに通学のバスで乗り合わせたが、奴は人を寄せ付けないオーラを発して本から目を離さない。そんな俺たちが言葉を交わしたことは一度もない。俺は視界から奴を排除するよう努めた。

しかしながら、長瀬は球技大会の活躍と端正な顔立ちで、少なくない注目を浴びていた。

噂は嫌でも耳に入ってくる。

長瀬の球技大会の活躍を見たサッカー部の顧問に、熱心に勧誘を受けたことを人づてに聞いた。わざわざ自宅にまで赴いて両親にも説得の矛先を向けたが、長瀬の心は動かなかったらしい。

度々名前も目にしていた。学期末の試験が終わると、職員室前の廊下に上位五十名の名前が貼りだされる。長瀬は常に俺の上に名前を連ねていた。

ある日、バスの中で、長瀬が読んでいた本のタイトルが垣間見えた。『カラマーゾフの兄弟』。やけに難しそうな本を読んでやがる。そう思った。

春雄に訊いてみると、ドストエフスキーの遺作で未完の書と教えてくれた。長瀬が読む本に興味を持つのは憚(はばか)られたが、春雄に勧められて読んでみることにした。

難解だった。さっぱり頭に入ってこない。読むのを諦めた。同い年でこの複雑な物語を理解する長瀬に畏敬の念さえ覚えてしまう。

夏が過ぎても、沙耶伽への気持ちは薄まらない。

ふられてから一年半が経つのに、乳酸菌飲料は原液のまま変わらない。

沙耶伽と中学生活を共に過ごしたことを長瀬は知らない。俺と沙耶伽が親しくしていたことも知らない。沙耶伽が忘れられない人だと長瀬の名を出したことも知らない。

教えるつもりは毛頭ない。

俺は三年後、北海道大学を目指すことを決めていた。北海道に戻る。そしてもう一度だけ、沙耶伽に交際を申し込む。未練がましいと思った。でも沙耶伽への思いが止まらない。とはいえ、俺が純情一途でいられたわけではない。女の子への関心は、年相応の男子以上に持っていた。自分に気があると見るとデートに誘い出し、一度目のデートでハグし、二度目のデートでホテルを口にした。

沙耶伽が思いを寄せる長瀬が身近にいることで、俺は複雑な心境に支配されていた。奴に凡庸でない魅力を感じてしまう。そんなジレンマを、女の子の身体でごまかしていた。

「人生、詰みたくなかったら、避妊はしろ」

次兄のこのアドバイスだけは、忠実に守った。

そうした中、二年生で長瀬と同じクラスになってしまう。

今まで視界に入れることさえ拒んでいた奴が、同じ教室に座っている。嫌でも意識せざるをえない。

長瀬は人と交わろうとしない。教室の後ろの席で、相変わらず声を掛けづらいオーラを発散させ、鬱々とした存在感を滲み出している。

ただ感じざるをえない何かを持ち合わせていた。壊れてしまいそうな繊細さを、鬱積した気怠さの中に隠して、何かまるで違った人格を宿しているように思えた。

　やまない雨が校庭を濡らす。

　時間を持て余した昼休み、窓際の席で本に目を落とす長瀬に、引き寄せられるように俺の足が向いてしまう。

「これ、お近づきな」

　コーヒー牛乳の紙パックを奴の前に置く。沙耶伽に「忘れられない人」と言わせた男を、初めてまじまじと正面から見る。

　まつ毛の長い瞳で見つめ返され、思わず言葉が出る。

「長瀬はスペックが高いのに、何かもったいないな」

　その夜ベッドで横になりながら、昼間の出来事を反芻する。

　あの時思わず声を掛けてしまった自分は何だったのだろう。交わした言葉は少なかったが、なぜか長瀬の顔が頭に染みついている。

　前から思っていた。奴は繊細で気持ちが細い。ただそうした殻に隠した何か別の習性を宿している。決して根暗でネガティブだけの奴ではない。

　愁いを帯びた目を思い出した時、思わず気づく。

　長瀬は沙耶伽に似ているのだ。

初めて病院で逢った時、子供たちに囲まれていた沙耶伽に見つめられた眼差しを思い出した。

二人は儚く、もの哀しい空気を纏っている。居てはいけない場所に身を置くような、何か不安定さを感じる空気だ。

沙耶伽と共通するそれに触れてみたくなる。長瀬のことをもっと知りたい衝動に駆られ、クラス名簿を片手に受話器を握った。

「明日、ロッククライミングに行こうぜ」


ロッククライミングは散々だったが、電車の中では昔から気心の知れた友人同士のように話が弾んだ。

俺が尋ねる。

「ドストエフスキー読んでたよな。あれ、おもしろいか？」

「ああ、『カラマーゾフの兄弟』な。あれいくら何でも登場人物が多すぎだろ。全然わからんかった。お前も読んでいたよな」

気づかれていたことに驚く俺に、長瀬は話を続ける。

「俺は理解不能で、途中で投げ出した。あれを読んでいたお前を尊敬したわ」

俄然、長瀬に親近感を覚えた。

俺たちは、不思議と気持ちが共鳴し合う。呼び方は長瀬から律に変わった。すぐにお互いの家を行き来するようにもなった。

俺たち家族が移り住んだ新居は、まだ若い木の香りが漂う一軒家で、家族四人で住むには十分な広さだった。俺の二階の部屋から眺める庭には、人の背丈より高い木が二本並び、黄橙色の実をたわわに実らせていた。

「ビワだ。見たことないだろう。おふくろの趣味。あれを北海道から運ぶのにどれだけ金が掛かったと思う？　スーパーで売ってる果物を全部買い占めても余裕で釣りがくる」

感心して笑う律に、薄い産毛を纏ったビワの実がお袋から差し入れられる。

「ビワを食べるの初めてです」

律は薄皮を剥いて頬張りながら、お袋に話しかける。

「瑞々しくて、甘いですね。もっと硬いと思った」

そんな如才ない言葉で、お袋を喜ばせる。

居座ってビワのうんちくをしゃべり出すお袋に、律は絶妙なタイミングで話を広げる質問を投げる。

「カラスとか大変じゃないですか」

「そうなのよ。聞いてくれる」

人懐っこい笑顔でお袋の話を促す。律のように寄り添うように人の話を聞く奴を知っている。

沙耶伽だ。やはり二人は似ている。

律を気に入ったお袋が、夕食を食べていくことを勧めた。律も遠慮することなくそれに従った。

食卓では、当時自伝として話題を集めた『火宅の人』の作者の人間性を評し、春雄と話が盛り上がっていた。学校で人間関係に興味を示さない律とは別人だった。律の二面性を垣間見た気がする。

帰り際、律はお袋の手作りのビワジャムを屈託のない笑顔でお礼を述べて受け取った。人間嫌いだと思っていた律のイメージが、この日で一変した。


俺は、律の知らない世界を広げてやる。

深夜、律の部屋の窓に礫(つぶて)を打つ。窓から顔出す律に、バイクの横で俺が手を振る。

「海を見に行こうぜ」

突然の誘いだったが、律は躊躇なくバイクの後ろに跨る。

「免許、いつ取ったんだ？」

直管のマフラーの音に負けないよう、律が耳元で声を張り上げた。

「いや。持ってない」

「はい？」

「だが、免許はケツのポケットに入っている」

「はい？」意味がわからない律が、訊きなおす。

「この間会ったろ？　春雄と俺は顔が似ている」

納得はできなかったようだが理解はできたようだ。

「春雄に無断借用だからな。朝までに返さないとまずいんだ。音がうるさくてさ。お前の家の近くまで押すのが大変だった」

真夜中の西知多産業道路を師崎（もろざき）までバイクで飛ばす。――しかも無免許ニケツで。

俺と知り合うまでは、真面目な律が足を踏み入れなかった世界だ。

律が俺から受けた影響で、一番大きかったのは音楽だ。

フリートウッド・マック、クイーン、エマーソン・レイク&パーマー、レッド・ツェッペリン。俺が貸したアルバムを、律は何回も繰り返し聴いていた。

どちらが言い出すでもなく、俺たちは音楽を始めた。

当時はジョン・トラボルタが火をつけたディスコブームが過熱して、クラスメイトたちは教室の後ろでビー・ジーズのナンバーを流し、ステップの取得に躍起になっていた。そんな彼らとは一線を画し、俺たちはハードロックの世界に没頭した。

以前「ひかりストア」という市場があった場所が、瀟洒なステーキハウスに変わっていた。そのステーキハウスのバイトで、律はギターを、俺は中古だがドラムを買い揃えた。

夏休みを過ぎた頃には、他校の文化祭にもジョイントで声が掛かるようになった。今思えば恥ずかしいほどお粗末な演奏だったが、女子生徒たちからは騒がれ、手渡された電話番号も一つや二つではなかった。

子供の頃、父親から教えられてすべてのコードをマスターしていた律は、新たなテクニックを身につけるため、寝食を忘れてギターに没頭した。

学業はおろそかになり、成績は急降下し、職員室前に貼りだされる順位表からも律の名前は消えた。律の母親は喚き怒ったが、試験間近になっても、律のペンを持つ時間がギターを弾く時間を上回ることはなかった。

メンバーを何度も入れ替え、冬ぐらいにユニットがまとまった。

ヴォーカルは佐喜子。学級委員長タイプのメタルフレーム眼鏡の華奢な女の子だが、歌うと豹変して声が激しくシャウトする。ハスキーな艶のある地声に、律の高音で伸びるハモリが被さると誰もが聴き入る世界が広がった。

キーボードは池本という一学年下の男だ。俺に懐いて自ら売り込んできた。ベースは工業高校仲間でバンドを組んでいた岡平を誘い入れた。二人は常に安定した音とリズムをメンバーに供給してくれた。バンド名は『ピテカントロプスバンド』。俺が命名した。

ある日、オリジナルの曲を譜面に落として律が持ち込んだ。

圧倒的に激しい曲で、胸が揺さぶられた。口うるさく自己主張の強いメンバーが誰も何も言えなかった。神経質で脆く繊細な律からは想像がつかない旋律で、律の才能と二面性を改めて思い知らされた。

その曲に律と佐喜子が詩を乗せた。曲のタイトルは「ギルティ」。

スタジオ練習の時、常にメンバーを引っ張ったのは律だ。ストイックに奏でるギターの音に皆が必死について行った。

律は取り付かれたようにギターに傾倒した。何か忌まわしい物から逃れるように激しく、さらに激しく音を奏でた。

ある日のこと――。

付き合っていた美紀に尋ねられた。

「長瀬くんって、彼女いないの？」

いないと答えると、律を気に入っている女の子がいるから紹介したいと言う。

「どんな奴？」と尋ねると、軽く躊躇してから美紀が答えた。

「男好きかな」

「はぁ？」

顔を曇らせる俺を見て、「悪い子じゃないんだよ。性格は保証する」と、弁明するように言葉を付け加えた。

「無理。律の精神は高尚なの。セックスに興味深々な俗物の俺らとは、住んでる世界も、吸ってる空気も違うの。しかも今は欲望をすべて断ち切って、寝食を忘れてギターに没頭している」

「なにそれ。修行僧なの？」

「そう、修行僧なの」

美紀と話しながら、つくづく思う。同年代の俺たちとは、律が積み重ねている時間の重さはあまりに違う。

「賭ける?」美紀が悪戯っぽく笑う。

「なにを?」

「バーガー屋のポテト」

興味が湧いた。「で、どうしたいわけ?」

美紀の計画では来週の土曜日は家に家族が誰もいない。律と寛美という女の子を呼び出して、頃合いを見計らい二人は退出する。その後二人がどうなるか。そんな計画を楽しそうに話す。

堅物世捨て人の律が、女の裸体にのっかっている姿が想像できない。律の部屋にはエロ本などない。『カラマーゾフの兄弟』だ。ドストエフスキーに、チェーホフに、ツルゲーネフだ。

「のった。ポテトな」

てっぱんだ。てっぱん。俺は心の中でポテトをゲットした。

美紀が連れて来た女の子の容姿は、律のストライクゾーンだったと思う。

寛美はボーイッシュで、髪型は律好みのショートだった。律は胸の大きさより、スレンダー体形の女の子を好んだ。

計画通り頃合いを見計らい、俺たちは隣の弟の部屋に退散する。壁を隔てたベッドの上で、美紀が鼻にかかった喘ぎ声を出して二人を煽る。

驚く。

隣の部屋から、衣擦れの音と律の荒い息遣いが聴こえ、やがて小さな喘ぎ声が重なる。

「すごっ。ソッコーじゃん」

美紀が笑いをかみ殺して、うれしそうに声をあげる。

(律。お前は猿なのか？　お前の理性は下半身に及ばないのか？)

「うおっ。うおおおおおぉぉぉぉー」

やがて律の身がよじれるようなエンディングの咆哮が、隣の部屋にまで響き渡る。

(お前って奴は……)

異様な絶叫に目から涙を流して笑い転げる美紀が訴える。

「ポテト、Lね」

コーラも付けてやりたくなった。

(すかした顔してロシア文学なんて読んでんじゃねえよ！)

心の中で罵った。

俺はこの日新たな律の二面性を知る。沙耶伽に教えてやろうかと思った。

憂鬱だった。

寛美は、律との交際の前に両手でも足りない男と関係を持っていた。律の手に負える女ではない。別の女の子を紹介しようとしたが、拒否されてしまう。律が傷つくのが心配だった。

案の定、ひと月も経たず寛美は他の男に鞍替えする。

馬鹿な賭けで弄んでしまった律に謝った。心の中で沙耶伽にも謝った。

しかし、律は傷つかなかった。達観していた。

寛美に執着することなく、時間を惜しんでギターのテクニックの習得に明け暮れた。

三

ある日のこと——。

「ちょっと、付き合ってくれ」と、律はギターケースを片手にとあるライブハウスに俺を誘った。その店はステージが跳ねると、ジャムスペースに替わるので有名な店だった。セミプロもいたし、スタジオミュージシャンもいた。とても高校生レベルで立ち入れる店ではない。

ジャムが始まって暫くして、律が客席から「いいすか」と、愛用のレスポールを片手に持ち上げる。詰襟姿なのは、高校生であることを強調するための演出だったと思う。

学生服を脱ぎ、カッターの袖を捲り上げチューニングを始める。場にふさわしくない闖入者に興味を示す者、鼻白む者、幾重もの関心の目が律に注がれた。

曲はディープ・パープルの「ストレンジ・カインド・オブ・ウーマン」

ステージの大人たちが高校生の律に気を使って、比較的コード運びが簡単な曲を選んでくれた。

だが、演奏が始まり、律のギターテクニックに客席は驚き圧倒される。

曲の途中、ヴォーカルが律のソロを促す。

凄い。16ビートストロークが空気を切り刻む。絶妙に入るグリッサンドのテクニックで客に息を呑ませる。狂ったように掻き鳴らす音に耳慣れた旋律が混じる。俺たちの「ギルティ」だ。狭いライブハウスの中、「ギルティ」が圧倒的なパフォーマンスで昇華されてゆく。

鳥肌が立つ。

まだ一年だ。一年で律のギターはここまで進化し、人を魅了する。

「天才なのだ」そう思った。

律のソロ演奏が終わり、爆発的な拍手を浴び曲に戻る。

演奏が跳ね、賞賛の拍手の中、ステージの演奏者全員が律に握手を求めた。

人影がまばらな帰りの地下鉄のホームに、俺たちは無言で佇んでいた。正面の大きな化粧品の看板を見つめて、俺は律と目が合うのを避けた。

そんな中、律がほろりと言葉を漏らす。

「俺、決めたわ。ギターでメシを食う」

看板の口紅がやけに赤く艶やかだったのを覚えている。

「ああ」気持ちを添える言葉の前に、返事が口から勝手にこぼれた。

「メンバーを抜けるけどいいか」

「ああ」やはり短い返事しか返すことができない。

　今、律は一気に高所に駆けのぼってゆこうとしている。


　ライブハウスで律の演奏を聴いてから、俺の気持ちは複雑に歪んだ。認めざるをえない才能に圧倒され、嫉妬が混じった。律はわき目も振らずまっすぐに突き進む。そんな俺には真似できないストイックな生き方に、憤りに似た劣等感が湧きあがった。

　沙耶伽が惚れている男は尋常なく凄い。

　随分な酒を煽り、気持ちがコントロールできないまま、俺は沙耶伽へ二通目の葉書を送った。

『律はギターがうまい。髪の長い女の子が好きだ』

　髪の長い女の子が好きだ――投函した後、嘘を書く小さな自分が嫌になり自己嫌悪に襲われた。

　夜風に当たりたくて街を徘徊した。

「おい」声を掛けられた。

『他無心』のメンバーだ。

『他無心』はドラムの岡平がいたバンドで、チームのドラマーを強引に引っぱった俺を快く思っていない。

口論から喧嘩になった。頭にはびこる思いの憂さをこぶしに込めた。何発かは食らったが、『他無心』のメンバー四人が足元に転がった。

「糞が！」そう叫んで俺はもう一発リーダーのみぞうちを蹴り上げた。


冷たい雨が降る夜、練習で使うスタジオ近くのファミレスに『ピテカントロプス』のメンバーを呼び出した。

全員が揃ったところで俺は話を切り出し、律がバンドを抜けることを伝えた。

ヴォーカルの佐喜子は泣いて粘ったが、他のメンバーは諦めた。誰もが律のギターに、自分の技量がついていけなくなっていることを悟っていた。

「すまん」そう謝る律の肩を叩き、池本が、岡平が、佐喜子が、一声かけて去ってゆく。

後に俺と律が残り、重たく長い沈黙が二人に落ちる。

「帰るか」そう言う俺に、律は無言で立ち上がった。

雨は上がっていた。濡れたアスファルトに信号の点滅が滲む。

「送っていくぞ」駐車場に歩きながら声を掛けたが､律は「いい」と言って背中を向けた。

遠ざかる律の姿に、もの寂しさが螺旋を描くように積み重なってゆく。

思わず言葉を投げた。

「おい。バンドは抜けても、俺らダチだろ」

駐車場の消えかかった蛍光灯の下、律は振り向いて答える。

「ああ。でも俺は学校を辞める。音楽でメシ食うのに勉学は必要ない。高橋、今までありがとな」

そう言い残して、律は俺の前から立ち去ってゆく。

雲は厚く、星も瞬かない。言い知れぬ孤独が俺を襲う。

横並びに並んで歩いていた律が離れてゆく。不安を伴った喪失感を覚える。俺にとって律の存在は知らぬ間に大きくなっていた。

ヘルメットの顎のベルトを締めた瞬間、背中を強く蹴られて転倒する。

蹴ったのは『他無心』のリーダーの梶田だ。

メンバーだけじゃない。八人に囲まれた。手に鉄パイプを持った奴もいた。

やばい。とっさに思った。ボコられる。抵抗はしない方がいい。俺は身体を丸め、何本もの足の蹴りに堪えた。

「やめろ」そう言って走り込んできたのは律だ。

暴行の矛先は律にも向かう。必死に抗う律を鉄パイプが襲う。頭を殴られそうになり咄嗟に手で庇う。庇った左手に鉄パイプが落ちた。「ぐぅ」とくぐもった声をあげ左手を抱え膝から崩れ落ちた。

「もういい。行くぞ」梶田の声に仲間たちが退散する。

うずくまる律まで這って進み、「見せてみろ」と左手を取る。

骨が覗き中指と薬指があらぬ方向にねじ曲がっていた。

夜半を過ぎたファミレスの駐車場が、回転する赤色灯に照らされる。ストレッチャーで運ばれ、歪む律の顔を見て俺は喘ぐように拝む、「神様頼む。律の手を戻してくれ」

警察で事情を訊かれ、空が白く移ろい始めた頃ようやく自宅に戻された。

雨上がりの朝、カーテン越しにレモン色の光が差し込むベッドの上で、膝を抱えて震えた。——怖かった。

(俺の喧嘩に律を巻き込んだ。梶田たちと揉めたのは俺だ。律の左手が戻らなかったらどうする。俺のせいだ。頼むから元に戻してくれ。律の夢を奪わないでくれ)

だが、どんなに願っても、俺の願いは届かない。

三週間ほどが経ち、三角巾で片手を吊るした律が学校に現れた。

「長瀬くん、だいじょうぶ」

取り囲み心配する女子生徒たちの中を分け入り、律に訊く。

「だいじょうぶか」

「ああ」

鷹揚に答えて笑う。

「ギターは?」

「わからん」

自分がどんな顔をして、どう律に映ったのかわからない。そんな俺を見て、律が明るい声を掛ける。

「高橋、そんな顔をするな。大丈夫だ。右手がある。ギターを持ち替える」

学校帰り、俺は律の部屋で、ギターの弦を上下張り替えてチューニングする。

「ありがとな」

律はギターを受け取り、さっそく右手でコードを押さえる練習を始める。意のままにならない指の運びに翻弄される律を見て、胸が詰まった。

包帯が取れ、まだ紫色に腫れの残る律の左手を見た。中指と薬指が、第一関節からわずかに曲がって癒合していた。

指先に力が入らない。日常生活には支障を来さないだろうが、コードを押さえるのはもちろん、弦をつまびくことさえままならない。それでも律は以前のテクニックを取り戻すため、必死になって抗(あらが)った。

だが律は、夏の終わりにギターを弾くのを諦めた。

「無理だな」

そう言ってエスポールを右手で撫で、ベッドの横に立てかけた。

律のギターは神様からのギフトだった。音楽に愛され、広げればどこまでも飛んでゆける夢の翼だった。

しかし、その才に執着することなく、律は運命を恬淡と受け入れギターを置いた。

悔しくないはずがない。寸分の時間を惜しんで練習し、あれだけのテクニックを取得していたのだ。

悔しさを内に隠し、翼をむしり取った俺にいつも通りの笑顔を振りまく。律は俺を責めない。気遣う気持ちはあっても、俺を責める気持ちは微塵もない。

稚拙な謝罪や労りの言葉が口から出そうになるのを、俺は今まで何度も呑み込んでいた。だけど、ギターを置いた今日、天井を見ながら大きく息を吐く律の横顔を見て、つい口からこぼれてしまう。

「なんであの時、戻って来た。戻らなければこんなことにはならなかった」

不思議そうに俺の顔を見て、律はさらりと言う。

「あの時、お前、俺になんて言った」

訝しむ俺を見て、律は言葉を続ける。

「覚えてないのか。『俺らダチだろ』って言ったよな。囲まれているダチを見過ごせるか？　俺が囲まれていたらお前どうした。助けに来なかったか？」

俺は奥歯を噛みしめて踏ん張る。そうしないと涙がこぼれ落ちそうだった。

続く律の言葉にさらに奥歯を噛みしめた。

「高橋にダチと言われて、俺は嬉しかった」

心が泡立ち、何かが剥がれ落ちる。剥がれ落ちたのは律への羨望と確執と嫉妬だ。そんな感情に支配されていた自分はなんて愚かだ。胸の中に隠れていた声がほとばしる。

（俺もずっと律のダチでいたい）

もう気づいていた。

沙耶伽にふさわしいのは俺ではなく、律だ。

脆くて壊れそうで、繊細な律を支えることができるのは沙耶伽だ。

似合いの二人だ。

もう一度巡り合えば、二人の絆は組み紐のように絡まり、美しく、固く紡がれるに違いない。

なんのてらいもなく心から、そんな思いが湧き上がる。

律と沙耶伽が離れればなれになった五年間。その五年間にすっぽり収まるように俺は存在した。二人の止まった歯車を、再び動かすための隙間を埋める小さな歯車が俺だったのだ。


盛夏を越えた夕暮れは、気だるい余熱を八事の町に籠らせていた。

家の前で短いクラクションを鳴らすと、窓から律が顔を出した。

「おお、あがれ」

玄関で軽く挨拶をして、勝手知ったる階段を上り、ノックもせずに律の部屋のノブを回した。

クーラーの効いた部屋で汗が引くのを待って、話を切り出す。

「律、お前大学はどうする?」

「まだ、はっきり決めてないけど、遠くに行きたい。東京でもいいと思っている。高橋は北海道だろ」

「ああ」

平静を装い、用意してきた言葉を口にする。

「なあ。お前も北大受けないか？」

俺の唐突な問いかけに、律は黙ってしまう。

二人だけの部屋に、重たい空気がたゆたう。

沈黙に耐え切れなくなり、丁寧に願うようにもう一度言葉を足す。

「北海道で俺と一緒に住まないか？」

律がポツリと答えを出す。

「悪くないな」

安堵し胸を撫で下ろす。

「よし。決まりだな。お前の脳味噌なら今からでも何とかなる」

ギターに明け暮れていた律は、俺の成績のかなり下にいる。


夜風を切り裂きバイクで走る。

（沙耶伽、待ってろ。律を北海道に連れてゆく。必ず連れてゆく。俺がもう一度二人を巡り合わせてやる）

ハンドルを握る手に力が入る。「よし」「よし」何度も口から気合の言葉が漏れる。二人はお互いを必要としている。逢えば間違いなく、惹かれ合う。

俺は巡り合わせるだけでいい。相手の気持ちを忖度することに長けた二人だ。必ずくっつく。てっぱんだ、てっぱん。

哀しいかな、俺は自分のてっぱんが、生ハムより薄いことをまだ学習できていなかった。

律は、十一月の模試で北海道大学がCランク+の評定を受けるまでになっていた。模試の結果を知り、俺は沙耶伽に三度目の葉書を認(したた)める。

『律は凄い奴だった。沙耶伽が惚れるのもわかる。俺たちは親友になった。無二の親友だ。律と俺は北海道大学を受ける。律を北海道に連れて行く。受かることを祈ってくれ。俺が二人をもう一度巡り合わせてやる』

グローブを脱ぎ、ライダージャケットの胸ポケットから葉書を取り出し投函する。

深夜十二時。かじかんだ手を自動販売機の缶コーヒーで温める。認めた文字を思い浮かべ、胸が少し甘酸っぱくなり、やがて暖かさに包まれる。寒気が心地よい。スロットルを絞ると、お気に入りのインパルスの甲高いマフラー音が夜のしじまに響く。

八事から南に向かった雲雀が丘の交差点。

西に折れると、道路は大きなカーブと共に緩やかな下り坂となる。膝が触るくらいまでバンズで攻めると、気持ちの良いGの負荷が身体に掛かる。

刹那、酔っ払いが信号を無視して飛び出してくる。

よけ切るため体勢を起こし、俺は逆にハンドルを切った。バイクは、中央分離帯に乗り上げ反対車線にダイブする。インパルスが火花を散らして滑り、アスファルトを転がる俺の身体をトラックが巻き込む。


身体が動かない。目の前が赤一色になる。不吉な赤色の世界が俺を包む。

薄れていく意識の中、淡い夢を見る。

俺は律と沙耶伽と三人で、狸小路（たぬきこうじ）の居酒屋で飲んでいる。

「なに、これ？」と律。

「ルイベ。アイヌ民族の郷土料理だよ」

沙耶伽が律と俺の皿にルイベを取り分ける。

「生身の鮭を凍らせてる。凍ったまんま食うんだ。口の中で溶ける食感が病みつきになる。ビールは駄目だ。熱燗だ。日本酒に合うんだ」

俺が律の盃に酒を酌む。

怪訝な顔をして食べるのを躊躇う律に、「食べて」と、沙耶伽が笑いながら催促する。

そんな二人を見て、俺は幸せな気持ちに包まれる。

（律、すまん）

意識が途絶えた。

杉浦 沙耶伽

卒業後の進路は決めていた。

就職する。お母さんは専門学校だったら通わせられると言ってくれたが、これ以上お母さんに負担を掛けることはしたくなかった。

母子家庭でわたしを育てたお母さんは、なに一つ自分の贅沢にお金を充てたことがなかった。春からはわたしが家にお金を入れて、お母さんを少しでも楽にしてあげたかった。

小樽の図書館からの内定通知は、年が明ける前に届いた。司書補の講習を受け、ゆくゆくは司書を目指す夢を持っていた。

お母さんは、箪笥の上にスーツ姿のわたしと一緒に収まった写真を飾り、目に少しだけ涙を浮かべた。

そんな時、高橋くんから三通目の葉書が届いた。律くんと高橋くんが北海道大学を受験する。そして、高橋くんが律くんとわたしを巡り合わせてくれると書いてあった。親友になったとも書いてあった。

嘘みたいだ。律くんが北海道に来る。高橋くんが連れてきてくれる。

四月になれば、律くんに会える。

小樽から札幌までの所要時間を調べ、札幌発の最終電車の時間も調べた。

幸せ過ぎる気持ちで胸がいっぱいになった。

夢のような報せの葉書を毎晩枕元に置いて、わたしは春が来るのを待った。

うたかたの喜びの後、高橋くんの訃報を友達から聞かされた。

信じられなかった。

バイクの事故だったらしい。

亡くなった日と葉書の消印が同じだったことは後から気づいた。

高橋くんが亡くなったことは、大きな喪失感を伴って日々の生活に影を落とした。はにかみながら、わたしのことを好きだと言ってくれた高橋くんの顔を思い出す。好かれていることをうれしく思った。

高橋くんは、わたしを救ってくれた恩人だった。

感謝しても、感謝しきれない。

雪の降る夜。わたしは運河沿いの北一硝子から四本目のガス燈の前に立っていた。ガス燈の灯を滲ませる運河の水面に、細雪（ささめゆき）が吸いこまれてゆく。五年前、同じ場所から、同じ光景をわたしは高橋くんと見つめていた。

何時間も言霊が届くのを待った。

耳を澄ましてずっと待った。

でも、高橋くんの声は届かない。

涙が溢れ出た。

「声を聞かせて」

悔しさに声を震わせ、少し怒ったわたしの涙声が舞い散る雪の中に消えていった。

新聞に掲載された北海道大学の合格者の名前を丁寧になぞったが、どの学部にも律くんの名前を見つけることができなかった。

すべての伝手（つて）が消え、二度と律くんに会えなくなるのが不安だった。

そんな時、わたしは癌の宣告を受ける。

死がこんなに身近にあるとは思ってもいなかった。余命を知った時、もうこれで、律くんと会うことはない。そう悟った。

小樽南総合病院。

わたしが職場で倒れて運ばれた病院は、読み聞かせのボランティアで高橋くんと知り合った病院だった。

病の進行を遅らせるお薬を処方してもらい、ロータリーで帰りの乗合バスを待っていた。

一坪ほどの花壇から香るラベンダーの中、ペットボトルで作られた風車が回る。

五年前の夏、この待合の同じベンチで、わたしは手を振って「おつかれ」と言いながら、自転車で通り過ぎる高橋くんを見送っていた。

季節外れのアキアカネが頭の上を飛ぶ。

なつかしさがこみ上げ、高橋くんの顔が浮かんで思わず涙ぐむ。


梅雨晴れの風が優しく濡れた頬を撫ぜる。

すると涙で滲む景色に、柔らかな膜のような光が降り注がれる。

光はわたしの恐れや拙い不安を洗い流すようにまっすぐ降り注ぐ。徐々に光沢は増し、静謐(せいひつ)で敬虔(けいけん)な白光の中に、わたしの魂が導かれてゆく。

「沙耶伽」

かすかにわたしを呼ぶ声が聞こえた。

聞き覚えのある懐かしい声だ。

目を細め眩しい光を仰ぎ見て、わたしは尋ねる。

「高橋くん？　高橋くんでしょう？」

答えはない。でも続ける。

「ずるいよ。高橋くんはずるい。いつもわたしを驚かせる」

眩い光の中で目を凝らすと、まなざしに優しさを宿した高橋くんが立っていた。

そして、語るように伝えるように、わたしに話しかけてくる。

「律がお前を必要としている。律に会いに行け」

哀しくなる。

うつむき、首を横に振る。

「無理だよ。わたしは長く生きられない」

高橋くんはそんな言葉を微塵も受け入れてくれない。

そして、もう一度叱るように強く言う。

「必ず会いに行け」

その言葉が最後だった。

高橋くんの身体は弾け飛び、律くんと紡ぎ合った友情の残滓（ざんし）が粒子となってわたしの心に突き刺さる。

律くんと高橋くん。

互いが思い合う絆の深さを知り、わたしは思わず笑みをこぼす。

――やはり二人は惹きつけ合った――。

高橋くんと笑う律くんの懐かしい顔が鮮明に浮かぶ。

無垢な魂が、軋むように叫ぶ。

やはり会いたい。律くんに会いたい。

決心する。高橋くんに背中を押されて決心する。

律くんに会いに八事に行く。

了

〈参考文献〉

『八事・杁中歴史散歩 増補改訂版』
八事・杁中歴史研究会（人間社／2018年）

八事(やごと)の町(まち)にもやさしい雪(ゆき)は降(ふ)るのだ

2023年11月10日　第1刷発行

著　者　　宮野入羅針
発行人　　久保田貴幸

発行元　　株式会社 幻冬舎メディアコンサルティング
〒151-0051　東京都渋谷区千駄ヶ谷4-9-7
電話　03-5411-6440（編集）

発売元　　株式会社 幻冬舎
〒151-0051　東京都渋谷区千駄ヶ谷4-9-7
電話　03-5411-6222（営業）

印刷・製本　中央精版印刷株式会社
装　丁　　杉本萌恵

検印廃止

Printed in Japan
ISBN 978-4-344-94573-9 C0093
幻冬舎メディアコンサルティングＨＰ
https://www.gentosha-mc.com/